Stories

Die Stories sind autofiktionale Geschichten, die ich über die Jahre gesammelt, weggeschlossen und jetzt, 2024, neu überarbeitet habe. Manche sind geprägt vom Ton der siebziger Jahre, in denen ich lange in Afrika und Indien war. Andere sind kleine Impressionen am Rande eines beruflichen Treffens.

Okavango ist angelehnt an eine missglückte Reise ins Delta, in einer kleinen viersitzigen Cessna, zusammen mit Susan und Tara. Geprägt vor allem durch die Nächte des Wartens auf den Arzt, in einem Krankenhaus in Viktoria Falls.

Rastlos ist Teil meiner beruflichen Vergangenheit, geprägt durch die Mühen der Globalisierung.

Abschied ist rein fiktiv, angestoßen durch die Erzählung einer Freundin in Atlanta, die tatsächlich von einer Schlange gebissen und danach schwanger wurde.

Gold ist das, was nach außen erfolgreichen Menschen womöglich durch den Kopf geht, wenn sie sich fragen, was sie wirklich im Leben erreicht haben.

Edna versucht die Stimmung des weißen Südafrika am Beginn der siebziger Jahre zu treffen.

Und *Freiheit* ist eine Reise durch Indien in 1973, die so nie stattgefunden hat.

Eckhard Polzer

Vom selben Autor:

Romane:

Die Weltverbesserer

Tod am Sambesi

The Village

Dunkle Wahrheiten

Das Kuvert

Suchende

Das Verhängnis

Sachthemen:

Aufzeichnungen I; 1965-1979

Aufzeichnungen II; 1980-1993

Aufzeichnungen III; 1994-2001

Aufzeichnungen IV; 2002-2014

Aufzeichnungen V; 2015-2019

Aufzeichnungen VI; 2020-2024

Stories

Okavango

Rastlos

Abschied

Gold

Edna

Freiheit

****

Eckhard Polzer

© 2024 Eckhard Polzer
Verlag: BoD • Books on Demand GmbH, In de Tarpen 42,
22848 Norderstedt
Druck: Libri Plureos GmbH, Friedensallee 273,
22763 Hamburg
ISBN: 978-3-7597-8708-8

Verzeichnis

Okavango

„Willst du wirklich, dass ich den Flug arrangiere?", fragt Cora ihren Vater, den sie seit Jahren nicht gesehen hat, und der für ein paar Tage nach Südafrika gekommen ist.

„Ja, damit ich dich wieder neu kennenlerne, Cora, du hast dich verändert", sagt Jak. Er fragt sich, ob seine Tochter so einen Flug ins Delta überhaupt stemmen kann. „Du musst nur Marja klar machen, dass sie für alles bezahlt. - Hast du den Sturm gestern Abend erlebt? Fantastisch. Bei uns gibt es so etwas nicht mehr."

Er knausert, denkt Cora. „Was gibt es bei euch nicht mehr?"

„Diese Gewalt. Unsere Gewitter sind nicht mehr das, was sie mal waren. Gestern hatte ich kurz den Eindruck als würde ich meinem eigenen Groll zuhören. Der Donner schien mir groß, männlich, eine Art rollende Wut, wie sie nur ein Wotan produzieren kann."

„Was meinst du, Papa? Wenn deine Wut wirkliche Macht hätte, dass dein Leben anders verlaufen wäre? Mehr wie …? Wie das eines Schriftstellers vielleicht, einer der Millionen schaufelt mit seinen Büchern. Ist das die Macht, die du dir gewünscht hättest?"

„Nein, Cora, es ging nur um das Gewitter. Aber du scheinst etwas herausgehört zu haben, das nur in deinem Kopf existiert."

Cora fragt sich, ob es lohnt weiter darauf herumzureiten und tut es dann doch. „Manchmal hatte ich den Eindruck von dir beherrscht zu werden. Dass du uns, Marja, mich, deine Schwester, sogar deinen Vater versucht hast zu manipulieren. Die Bewunderung des Großvaters, dem du eine Macht zugeschrieben hast, die er nie hatte. Fasziniert dich die Macht, Papa? Ich habe…", sie schweigt abrupt, denkt, es ist der falsche Zeitpunkt.

„Es war nur ein Gewitter, Cora. Wann holst du mich ab?"

Dumm von mir, überhaupt damit anzufangen, denkt sie. „Gegen sieben. Wir fahren durch Hillbrow nach Melville, es ist der kürzeste Weg. Das Lucky Bean Restaurant gehört denselben Besitzern wie das Gästehaus, in dem Marja wohnt", sagt Cora, versucht, ihre Tränen zu verbergen.

****

Wie verabredet biegt sie um sieben Uhr in die Sackgasse des Garden View Hotels, wo Jak bereits in der Auffahrt steht. Er ist immer noch attraktiv, denkt sie. Wie kann es sein, dass er so schlank geblieben ist? Die Haare sind länger als früher, noch dunkel, nur das Kinn ist wabbeliger geworden. Chinos hat er schon immer gemocht, manchmal auch Cordhosen, dazu Lederjacken. Pünktlichkeit sei unter seiner Würde meinte er einmal, denkt sie, und jetzt wartet er vermutlich schon seit zehn Minuten auf mich.

„Ich dachte schon, es wäre etwas passiert", sagt Jak, während er sich umständlich den Sicherheitsgurt anlegt.

„Ein Anruf, den ich nicht abwimmeln konnte", lügt Cora. Bitte sag jetzt möglichst wenig, denkt sie. Über die Nacht, den Regen, die dunklen Gesichter auf den Straßen, die nicht zu erkennen sind. Er wird über die Schlaglöcher schimpfen, auf die Bettler an den Ampeln, denen er aus Prinzip nichts gibt, und dann wird er, kaum dass wir die Joe Slovo überquert haben, die Sammeltaxis und das Gewimmel in Hillbrow kommentieren und demonstrativ die Verriegelung betätigen. „Wir fahren durch einen der gefährlichsten Stadtteile Johannesburgs. Mir ist aber noch nie etwas passiert. Es ist der kürzeste Weg", sagt sie.

„Du entscheidest", sagt er zu ihrer Verblüffung.

Als sie in die Abelstreet einbiegen, meint er: „Johannesburg soll sich langsam in eine ‚African City' verwandeln, habe ich gelesen. Stimmt das?"

„Schau selbst", sagt Cora achselzuckend, während sie ein Sammeltaxi umkurvt, das mitten auf der Straße stehen bleibt, um weitere Passagiere aufzunehmen. „Was heißt ‚African City', gibt es da einen Standard?"

„Woher wissen die Leute, wo es hinfährt?", geht Jak nicht weiter darauf ein und deutet auf eines der Sammeltaxis.

„Handzeichen. Sie geben sich Handzeichen über die generelle Richtung, und dann handeln sie den Preis aus. Ich benütze sie selten, aber wenn, dann funktioniert es ganz gut."

„Hast du in Sambia ein Auto?"

„Ja, ziemlich verbeult", lacht sie. „Das war es schon, als ich es von meinem Vorgänger übernommen habe."

„Solange es fährt", meint Jak lapidar und weist auf eine Gruppe junger Leute neben der Straße. „Pass auf, die rennen gleich rüber."

Cora lacht und lässt die beiden Mädchen und den Jungen, auf dessen Schultern eine Boom Box sitzt, mit einladender Geste passieren. „Freust du dich, Marja zu sehen?", fragt sie.

„Es ist lange her, das letzte Mal sah ich sie, als du nach Afrika gegangen bist", vermeidet er eine direkte Antwort. „Wir hatten uns nichts mehr zu sagen. Über das Wetter reden, oder in einem unbedeutenden Lokal das schlechte Essen bemäkeln, liegt mir nicht so, wie du weißt."

Cora nickt. „Ab hier wird's leichter, trotz der Baustelle", sagt sie, und weist auf die rot-weißen Gatter am Rand der Straße. „Wir sind bald da, holen Mutter im Gästehaus ab und fahren gemeinsam weiter. Es sind nur ein paar hundert Meter von dort ins Restaurant. Ist dir das recht, oder soll ich dich lieber zuerst ins Restaurant bringen, bevor ich Marja abhole? Übrigens, ich habe meinen Freund dazu gebeten, den Buschpiloten, der uns ins Delta fliegt, wenn du und Marja einverstanden seid. Götz heißt er, und kommt aus einer deutschstämmigen Familie, die seit Generationen in Südafrika lebt."

„Seit Generationen! Hört sich nach einer Familie an, die nach der 1848er Revolution verbannt wurde. Auch so eine deutsche Geschichte", sinniert Jak. „Bring mich doch lieber gleich ins Restaurant, das gibt mir ein paar Minuten um nachzudenken. Dein Freund, ist er ein guter Geschichtenerzähler, falls uns der Gesprächsstoff ausgeht?"

„Bestimmt." Nachdenken, sagt er, dabei braucht er vermutlich einen Drink, bevor er Marja trifft, denkt sie.

Cora fährt die siebte Straße hinunter, hält direkt vor dem Lucky Bean, winkt dem Parkwächter ab, und lässt Jak aussteigen. Durch das offene Seitenfenster ruft sie ihm nach: „Ich habe reserviert, auf meinen Namen. Ein Tisch auf der Terrasse, aber du kannst ihn nach Innen verlegen, wenn es dir zu kühl ist. Vier Personen. Ich bin gleich zurück."

****

„Wie schön, dass ihr euch wieder vertragt", sagt Cora, nachdem sich Marja und Jak ohne große Begeisterung begrüßt haben. Küsschen links, Küsschen rechts auf die Wangen, das war's. „Also, worüber wollen wir reden, oder doch erstmal bestellen? Götz kommt später. Er sagte, er verzichtet auf die Vorspeise."

„Wer ist dieser Götz?", fragt Jak.

„Ein guter Freund. Er ist Buschpilot und kümmert sich gelegentlich in Johannesburg um Stadtentwicklung. Er brachte ein paar alternative Touristen in mein Dorf und spielte den Fremdenführer. Ich mochte ihn nicht besonders, doch dann kam er wieder, allein. Wir haben lange geredet …" Cora sieht den Land Rover vor sich, eine riesige Staubfahne hinter sich herziehend. Götz, der Fahrer, mit zwei älteren Paaren aus Berlin im Schlepptau. Die Männer

11

behängt mit Fotoapparaten, die Frauen versteckt unter breitkrempigen Hüten mit Netzen, die sie vor Mücken schützen sollten.

„Alternative Touristen, was heißt das?", fragt Jak.

„Leute, die wissen wollen, was mit ihren Spenden passiert", lacht Cora. „Am liebsten würden sie bestimmen wohin das Geld geht. Ich mag sie nicht besonders, denn am Ende ist der Schaden größer als der Nutzen. Die Leute im Dorf waren verärgert, als sie wieder in ihren Land Rover stiegen und davonbrausten. Ich fand den Besuch völlig absurd, und habe es Götz auch gesagt."

„Er treibt sich allein in der Wildnis herum?", fragt Marja ungläubig.

„Er ist Buschpilot und fliegt an Orte, wo die Leute hinwollen, um ihre Vorurteile zu bestätigen. Meist gibt es da keine Wildnis, eher Luxus. Die Lodges, die er in der Regel anfliegt, sind ziemlich komfortabel. Als er allein zurück in mein Dorf kam wollte er nur reden. Ohne, dass wir uns Wortfetzen an den Kopf werfen, wie beim ersten Mal, meinte er."

„Hört sich zielstrebig an", sagt Marja.

„Ja, dabei hatte er Glück, mich überhaupt anzutreffen. Einen Tag zuvor war ich noch in den umliegenden Dörfern unterwegs."

„Hast du ein Verhältnis mit ihm?", fragt Jak.

„Meinst du, ob wir miteinander schlafen? Ja", lächelt Cora. „Wenn du mehr wissen willst, kannst du ihn ja selbst fragen. Er ist aber nicht sonderlich gesprächig, schon gar nicht, wenn es um Gefühle geht."

Marja schüttelt irritiert den Kopf, als gefalle ihr Jaks Ton nicht. „Was trinken wir? Nehmen wir eine Flasche Wein, zur Feier des Tages? Südafrika hat gute Weine", sagt sie, um Jak auf andere Gedanken zu bringen.

„Darauf brauche ich etwas Stärkeres. Buschpilot! Meine Tochter!" Er winkt dem Kellner und bestellt einen Whiskey.

„Und du Cora?", fragt Marja.

„Wein ist gut. Nehmen wir einen Merlot?"

„Gern." Marja wendet sich an den Kellner, der Jaks Whiskey gebracht hat und unschlüssig am Tisch stehen blieb. „Was haben Sie aus der Kap Region?"

„Ich kann Ihnen einen Stellenbosch empfehlen."

„Gut, einverstanden."

„Du hättest uns sagen können, dass du einen Freund hast", sagt Jak, als der Kellner gegangen ist.

„Um Erlaubnis bitten?", Coras Stimme ist schärfer geworden.

„Nein…, natürlich nicht", stottert Jak.

„Kein guter Anfang", sagt Marja. „Lasst uns darauf trinken. Ich bin neugierig auf diesen Buschpiloten. Und ich bin froh hier zu sein, das habe ich mir lange gewünscht. Du siehst wunderbar aus, Cora, richtig glücklich."

Wunderbar, kein Wort, das sie oft benützt, denkt Cora. Womöglich meint sie das Gegenteil von schön. Jak scheint echt betroffen, als wäre ich immer noch sein kleines Mädchen, das eine Dummheit begangen hat. „Schön, dass ihr gekommen seid. Es ist lange her, dass wir alle zusammen waren", sagt sie, hebt ihr Weinglas und prostet den beiden zu. „Da ist Götz", weist sie auf die Straße. „Früher als erwartet. Bitte kein Wort über unsere Beziehung", sagt sie im Aufstehen.

Auf der anderen Straßenseite steigt ein großer, junger Mann aus einem alten, klapprigen Mercedes. Mit einer lockeren Bemerkung reicht er dem Parkwächter die Autoschlüssel und überquert die Straße. Er trägt Turnschuhe, eine verwaschene, ehemals olivgrüne Windjacke und abgetragene Jeans. Die braunen Haare quellen unter einer verbeulten Che Guevara Mütze hervor. Das Gesicht ist verbrannt, offen, und als er Cora sieht, strahlt er. „Und? Alles im Lot?"

Cora wiegt nur leicht den Kopf, nimmt ihn bei der Hand und stellt ihn vor: „Götz von Lahnstein, mein Vater Jakob Rudlow, der aber lieber Jak genannt wird. Meine Mutter, Marja Lindner."

„Alter Adel?", fragt Jak.

„Das zählt hier nichts", sagt Götz und betrachtet Jak für einen Moment zu lang, bevor es unhöflich wird. Um seine Augen bilden sich kleine Lachfalten, als er Marja die Hand reicht. „Sagen Sie einfach Götz zu mir. Ich hoffe ich störe Ihre vertraute Runde nicht." Zu Jak sagt er. „Cora meinte, ich sollte Ihnen vom Okavango Delta erzählen, weil sie sich für die afrikanische Tierwelt interessieren. - Sind sie schon lange in Südafrika?", fragt er, als er sich an den Tisch setzt.

„Nein, gerade erst angekommen."

„Wie gefällt Ihnen das Guesthouse, Marja? Ich darf Sie doch so nennen?"

„Selbstverständlich. Sehr schön. Angenehme Menschen."

„Samantha und Gordon sind prima. Sie haben sich schon während der Apartheid dafür eingesetzt, dass wenigstens ein Teil Sophia-Towns wiederbelebt wird. Kennen Sie die Geschichte Johannesburgs, Herr Rudlow?"

„Nein, ich war nur einmal in Südafrika, das ist lange her."

Götz winkt dem Kellner und bedeutet ihm, dass er sich am Rotwein beteiligen möchte. „Sophia-Town hieß dieses Viertel früher, bevor es von den Buren platt gemacht wurde", führt er den Gedanken von vorhin weiter. „Es war eine lebendige Kommune, Jazz-Zentrum, gemischte Bevölkerung, alles, was Südafrika heute sein will. Miriam Makeba ist hier aufgewachsen, und Soweto entstand nur, weil die Menschen von hier weggekarrt und einfach im Regen auf einer Wiese im Süden Johannesburgs abgeladen wurden."

„Sind Sie ein Aktivist?", fragt Jak, der Götz die ganze Zeit gespannt betrachtet hat.

„Was meinen Sie mit: Aktivist? Jemand, der einen Umsturz plant und Bomben legt?“, lacht Götz.

„Jemand, der die Leute aufwiegelt“, sagt Jak ungerührt.

„Papa, bitte“, interveniert Cora, doch Götz nimmt es gelassen.

„Nein, aber ich hasse Unrecht.“

„Und heute?“, fragt Marja, besorgt, das Gespräch könnte entgleiten.

„Götz ist ein Kümmerer“, versucht Cora klarzustellen. „Er arbeitet an Projekten, die die Stadt verschönern, Kunstprojekte, Ausstellungen und so. Die Glaspaneele an den neuen Busbahnhöfen sind von ihm. Und er fliegt gern.“

„Kann man davon leben?“, fragt Jak unbeeindruckt.

„Vom Fliegen?“ fragt Götz. „Es geht so, reich wird man aber nicht dabei. Und die Projekte, die Cora erwähnt hat, sie kommen und gehen. Zurzeit arbeite ich mit einem Architektenteam zusammen, die eine Art alternatives Labor für Stadtentwicklung betreiben. Hans kommt auch aus Deutschland. Er versuchte wieder dort zu leben, hielt es aber nur ein Jahr lang aus. Er vermisste Johannesburg. Gelernt hat er bei Zaha Hadid, aber Wolkenkratzer interessierten ihn nicht. Und Sonja ist Schwedin, sie kommt von der Musik. Ihre Entwürfe müssen schwingen, erst dann sind sie gut, sagt sie.“ Götz klingt auf einmal begeistert und engagiert. Er kramt ein paar abgegriffene Blätter aus der Brusttasche seiner Jacke und legt sie auf den Tisch. „Ein Auszug aus dem Atlas der Apartheid," sagt er.

„Warum sind Sie nicht beleidigt?", fragt Jak, ohne die Papiere auch nur anzusehen. „Ich habe Sie angegriffen."

„Nichts neues. Johannesburg macht aggressiv, liegt wahrscheinlich am Klima, denn Rassismus geht ja nicht mehr", grinst Götz, wie eine Katze, die jederzeit zubeißen kann.

„Lassen wir das, er wollte nur wissen wer Sie sind", sagt Marja, wobei sie strafend auf Jak sieht. „Was ist das, ein Atlas der Apartheid?", deutet sie auf die Karte vor Götz.

Der entfaltet, ohne Jak weiter zu beachten, farbige Bilder und Diagramme, die Johannesburg im Tortenformat zeigen. „Siebzig Prozent der Fläche war für Weiße eingeplant", sagt er. „Die Filetstücke sorgsam getrennt vom Rest. Daran krankt die Stadt bis heute. Wir versuchen, den Flow zwischen den abgetrennten Stadtteilen zu vitalisieren. Die meisten Architekten streben ja nach dem großen Masterplan, aber das funktioniert hier nicht. Helfen können nur einzelne Projekte, eine Art urbane Akupunktur. Wir wollen die illegalen Siedlungen, die sich zwischen den Vierteln gebildet haben, besser einbinden. Die Trennungslinien aufweichen und von der Kreativität der Einwohner lernen. Soweto ist heute ein gigantisches Stadtlabor. – Aber eigentlich bin ich ja hier, um Sie für einen Flug ins Okavango Delta zu begeistern. Oder haben Sie sich längst entschieden?"

Marja zögert, als wäre ihr nicht klar auf was sie antworten soll, die Reise oder doch eher seinen Ausführungen zu Johannesburg: „Eigentlich mag ich diese kleinen Flieger nicht", sagt sie schließlich. „Ich bin nur einmal in so etwas geflogen, da wurde mir speiübel. – Könnten wir das Delta mit einem Abstecher in dein Dorf verbinden, du kämst doch mit, Cora, oder?"

„Natürlich, ich kann euch doch nicht allein lassen, wie neugierige Touristen. Mein Dorf? Warum eigentlich nicht, ihr könntet auch meine Mitarbeiter kennenlernen. Erwartet nur nicht zu viel, es ist ein ganz normales afrikanisches Dorf. – Was denkst du, Götz, ginge das?"

„Ein Abstecher von der Lodge. Morgens hin, am selben Tag zurück. Das ginge schon."

Cora nickt und strahlt. „Jetzt sollten wir aber wirklich bestellen, ich habe Hunger. Oder gehört wenig essen bereits zum Reiseplan, damit wir nicht zu schwer sind für die Cessna", sagt sie gut gelaunt.

Marja, Cora und Götz entscheiden sich schnell, nur Jak blättert in der Speisekarte vor und zurück, bis er sagt: „Eigentlich möchte ich nur etwas Leichtes. Eine Suppe oder so, ja, bringen sie mir eine Suppe. Und noch einen Whiskey, denselben wie zuvor."

Nachdem der Kellner gegangen ist, kommt Marja auf die Reise zurück. „Ein Tierreservat wäre auch schön, lässt sich das verbinden?", fragt sie Götz.

„Selbstverständlich. Der Chobe-Park ist ein wahres Tierparadies. Er liegt ganz nahe an den Viktoriafällen. Wenn Sie wollen, kombinieren wir beides. Man kann in die Schlucht hinuntersteigen, fast in Tuchfühlung mit einer Wand aus röhrendem Wasser. Jetzt im Frühjahr führt der Sambesi Hochwasser, die Gischt steigt bis zu dreihundert Meter hoch. Aber keine Sorge, der Führer besorgt Ihnen Regencapes."

„Wir brauchen einen Führer?", fragt Cora.

„Ja, ohne ist nicht zu empfehlen. Der Abstieg ist stellenweise sehr glatt."

„Und dann?", fragt Jak.

„Fliegen wir von Livingstone zum Chobe-River, der ist nur einen Katzensprung entfernt. Wir könnten zwei Tage in der Isobeni Lodge bleiben, eine Nacht auf dem Hausboot, die andere im Zelt. Von Isobeni geht es dann nach Pom Pom, einer Lodge mitten im Okavango Delta. Von dort machen wir den Abstecher in Coras Dorf. Übernachten geht da nicht, also müssen wir an einem Tag hin und zurück. Es gibt im Dorf kein Hotel, oder sollte ich das übersehen haben, Cora?"

„Kein Hotel", sagt Cora lächelnd.

„Hört sich ziemlich abgelegen an", meint Marja. „Aber auch ein bisschen wie ein Abenteuer."

„Nicht richtig", sagt Götz. „Schon eher Luxus-Reise. Das Abenteuer beginnt frühestens in Coras Dorf, sollte uns der

Medizinmann in die Krallen kriegen. Aber wir haben ja nicht vor, krank zu werden", fügt er beschwichtigend hinzu. „Alles in allem könnten wir in fünf bis sechs Tagen zurück in Johannesburg sein."

„Dann machen wir es doch, ich bin dabei", sagt Jak. „Wie wär's, Marja, wenn du uns dazu einlädst? Die wohlhabende Anwältin spendiert ihrer Familie einen Dschungeltrip. Lässt sich doch wunderbar vermarkten, und womöglich sogar von der Steuer absetzen."

Marjas Gesicht gefriert zur Maske. Sie streicht sich die Haare aus der Stirn, und für einen Moment ist ihr anzusehen, wie verletzt sie sich fühlt. Doch gleich ist sie wieder die kühle, selbstbewusste Anwältin. „Ich sehe hier weit und breit keinen Dschungel. Und Götz hat von einem Luxustrip gesprochen."

„Danke", sagt Jak pikiert.

„Was müssten wir denn tun, falls wir uns für die Reise entscheiden?", fragt Marja.

Götz, der das Geplänkel amüsiert verfolgt hat, nimmt einen Schluck Wein: „Nichts, nur sagen, dass Sie wollen, und wie lang Sie wollen. In zwei Tagen könnten wir fliegen. Ich spreche mit den Lodges und reserviere den Flieger. Eine Cessna 182, vier Sitze, viel mehr geht da nicht hinein. Wenig Gepäck, aber bei fünf bis sechs Tagen ist das kein Problem. Gutes Schuhwerk und ein paar T-Shirts brauchen Sie. - Ich kann Ihnen die Route zeigen, die Karte habe ich im Auto."

„Vielleicht sollten wir zuerst essen", meint Cora.

Nach dem Essen, sagt Jak, der nur einen Whiskey nach dem anderen getrunken hat: „Dann machen wir es doch. Marja soll darüber schlafen, und ich besorge mir ein paar Bücher über das Okavango Delta. Wenn es nichts wird, kann ich mir immerhin die Bilder ansehen. - Wie kommen wir jetzt ins Hotel, Cora, fährst du uns?"

„Ich dachte, Götz bringt dich ins Garden View, er wohnt ganz in der Nähe, und ich bringe Marja zurück."

„Gute Idee", sagt Götz schnell, als könne er kaum erwarten wegzukommen.

Im Rausgehen legt Cora den Arm um Jaks Schulter und fragt: „Willst du es wirklich, Papa? Wir können auch einfach in Johannesburg bleiben, die Stadt hat viel zu bieten. Früher oder später solltet ihr aber miteinander reden. Nicht nur anfauchen."

„Reden, das tun wir doch schon den ganzen Abend", sagt Jak, mit der Andeutung eines Lächelns. Er geht zu Götz' Auto und steigt ein. Kaum, dass er sich gesetzt hat, fragt er: „Mercedes, wie teuer ist der hier?".

„Mit den Kilometern, die er draufhat, ziemlich billig. Das Alter hat auch Vorteile: Die jungen Kerle, die sich gerne Autos ausleihen, um ein paar schnelle Runden zu drehen, schauen ihn gar nicht erst an", lacht Götz.

„Stehlen meinen Sie? Und dann fahren sie das Auto zu Schrott?"

21

„Nein, wenn der Tank leer ist, lassen sie es irgendwo zurück. - Wie soll ich fahren, durch Hillbrow, oder ist Ihnen das zu gefährlich?"

„Ich habe es mit Cora überlebt, war eigentlich ganz spannend."

In den Häuserschluchten Hillbrows verdichtet sich der Verkehr. Vierspurige Straßen werden zu Parkplatz und Haltestelle für unzählige Minibusse, vollgepfropft mit Menschen. Der Fahrer eines Kleinlasters entlädt seelenruhig ganze Rinderhälften, die er auf den Schultern in eines der angrenzenden Gebäude trägt. Die blockierten Autos ignoriert er einfach.

„Wo bringt er die hin mitten in der Nacht?", fragt Jak.

„Keine Ahnung. Tag oder Nacht, ist ihm anscheinend egal, Hauptsache er kriegt die Ladung los."

Als sie die Joe Slovo überqueren, liegt ein verkrümmter Körper auf der Kreuzung. Eine Gruppe aufgebrachter junger Männer debattiert über ihm: „Bitte verriegeln Sie die Tür, wer weiß, was passiert ist", sagt Götz.

„Wollen Sie nicht anhalten."

„Nein, auf keinen Fall, nicht um diese Zeit. Es ist besser, wir mischen uns nicht ein. Sie haben Handys, der Krankenwagen kommt gleich."

„Das könnte auch in Berlin passieren, dass sich keiner mehr zuständig fühlt. Manche denken inzwischen, wir stünden am

Beginn einer neuen Weltordnung, wo jeder nur für sich allein kämpft. Hier in Südafrika wissen sie wenigstens wofür sie kämpfen."

„Was meinen Sie?"

„Die Regenbogennation, ein irres Projekt."

Götz atmet tief ein und lässt die Schultern sacken.

****

„Vertragt ihr euch wieder?", fragt Cora im Auto. „Beim Essen hast du dich sehr zurück gehalten. Ist das nun ein gutes oder ein schlechtes Zeichen?"

„Jak sieht immer nur sich selbst", sagt Marja. „Und er trinkt wieder, du hast es ja selbst gesehen. Ich bin nach Berlin gegangen, weil ich seine Selbstbezogenheit nicht mehr ertrug. Dabei ist das völlig normal für einen, der sein Leben lang in den Spiegel geschaut hat, um sein Abbild zu bewundern. Wie soll er auf einmal etwas anderes als sich selbst erkennen?"

Als ich klein war, denkt Cora, war sie eine Mutter, jetzt ist sie nur noch die erfolgreiche Anwältin. Sie hat gekocht und gebacken, hat es geliebt, wenn andere Kinder zu Besuch kamen. Sie hat mich in den Schlaf gesungen und gegen ungerechte Lehrer verteidigt. Ich habe es genossen krank zu sein, nicht die akute Phase, aber danach, wenn ich in ihr Bett durfte, und sie ihre Hand auf meine Stirn legte, um das Fieber zu testen. Später, nach dem Unfall, wurde alles anders. Es war nicht Jaks schuld, ich hätte schauen müssen, bevor ich auf die Straße rannte. „Ist das wirklich fair, Mutter? Du hast ihn geliebt, oder war das auch nur eine Illusion?", fragt sie schließlich.

„Das war einmal. Ich glaube, wir beide haben deinen Vater immer mit unterschiedlichen Augen gesehen. Nicht verwunderlich, er hat dich vergöttert. Mich hat er am Ende wohl eher gehasst. – Vermutlich."

„Das klingt nicht gut, bin ich von dir gar nicht gewöhnt."

„Hm. Ist vielleicht die Lebenserfahrung. Vergiss nicht, ich habe dauernd mit Menschen zu tun, die lügen und verschleiern, nur um dich auf ihre Seite zu ziehen. Das schärft den Blick."

„Warum hast du vermutlich gesagt?"

„Habe ich das?"

„Ja, hast du. Vermutlich sind wir noch nicht fertig miteinander, wolltest du das sagen?"

Marja schüttelt den Kopf. „Es ist spät, Cora, ich bin müde. - Willst du es wirklich wissen?"

„Ja, du hast nie darüber gesprochen, was zwischen euch beiden vorgefallen ist."

„Es ist so lange her. - In meinen Augen ist Jak ein Mann ohne Überzeugungen. Als mir das klar wurde, konnte ich nicht mehr bei ihm bleiben. Als Teenager hat er eine Weile am rechten Rand gespielt, aber der war ihm zu dumpf. Wahrscheinlich schuldete er das seinem Großvater. Dann schwenkte er um 180 Grad und sympathisierte mit der RAF, aber auch das dauerte nicht lange. Und als er mich umwarb, wurde er zum überzeugten Protestler. Das einzige Ergebnis aus dieser Phase war deine kaputte Hüfte. Und dann, als es galt sich zu konzentrieren, etwas richtig gut zu machen, versagte er, und hüpfte weiter von einem Thema zum anderen."

„Aber er war gut mit Finanzen, zumindest hat er viel Geld damit verdient, hast du einmal gesagt."

„Er hat gezockt. Jak ist ein Spieler. Er hat gewonnen und alles wieder verspielt."

„Hasst du ihn?"

„Hassen wäre zu viel gesagt. Nein, ich habe ihn wirklich geliebt. Jetzt weiß ich nicht mehr…. - Seine ewigen Frauengeschichten. Wenigstens hat er nie damit geprahlt", sagt Marja bitter.

„Und jetzt verachtest du ihn?"

„Nein, ich mache mir eher Sorgen. Aber zurück zur Reise, du kannst dich auf mich verlassen, ich werde durchhalten. Sechs Tage sind schnell vorüber. Und wegen der Kosten mach dir keine Sorgen. Geh jetzt, ich will noch etwas nachdenken." Doch bevor sich Cora verabschieden kann, sagt Marja mit einem Anflug von Traurigkeit: „Ich hatte immer gedacht, dass du klarsiehst, und jetzt dieser Götz. Wie kannst du nur? Er bietet dir nichts, rein gar nichts. Er hängt sich an dich, und lässt dich fallen, sobald er eine andere gefunden hat." Sie hält die Hand vor den Mund, als hätte sie bereits zu viel gesagt.

„Du meinst, wegen meiner Hüfte?", lacht Cora.

„Du bist immer noch schön", sagt Marja irritiert.

Mit dem ‚immer noch schön' meint sie wohl, dass mich Götz nicht verdient, denkt Cora. „Götz kommt aus einer guten Familie. Beide Eltern waren in der Anti-Apartheid Bewegung, die Mutter war im Black Sash. Es ist nicht Götz' Schuld, dass die Jobs für junge weiße Männer rar geworden sind. - Du weißt, wie sehr ich all die Jahre gelitten habe. Kein Sport mit einer verschobenen Hüfte. Die ewigen Hänseleien in der Schule, weil ich nicht schnell genug hinterherkam. Götz hat es nie gestört, er wollte nur wissen, woher ich die Narbe habe. Er hat sie gestreichelt, als könne er all meine Verletzungen wegwischen."

Marja geht nicht darauf ein, scheint in Gedanken weit weg zu sein. „Die Reise wird uns guttun", sagt sie schließlich.

****

Als sie eine besonders drohende Wolkenwand durchstoßen, knallt es, als hätte jemand mit dem Hammer auf die Außenhaut geschlagen. Die Cessna schüttelt sich und schmiert ab: „Keine Sorge, war nur ein Blitzschlag", beruhigt Götz. „Uns kann nichts passieren, wir sitzen in einem Faraday'schen Käfig."

Immerhin fliegen wir noch, denkt Cora. „Dein Wotan ist nicht gut auf uns zu sprechen", sagt sie zu Jak.

„Etwas Abstand wäre mir lieber", presst Jak hervor.

„Wotan?", fragt Götz.

„In Johannesburg, während eines Gewitters, hörte Jak den Götterkampf im Wechselspiel zwischen Blitz und Donner. Und jetzt sitzen wir mitten drin im Gerangel der Olympier", meint Cora.

„Was für ein Unsinn! Ich mache mir fast in die Hose vor Angst, und ihr redet von Göttern", schimpft Marja.

„Gleich sind wir durch", sagt Götz. „Nur noch ein paar Minuten."

Kurz darauf beruhigt sich das Wetter und die Maschine brummt gleichmäßig, als wäre nichts gewesen. Es knackt in den Kopfhörern und Götz' Stimme klingt wie aus weiter Ferne: „Ihr seid ein prima Team, keiner hat durchgedreht, aber die Landebahn in Livingstone steht unter Wasser, sagt der Tower. An eine Landung ist dort nicht zu denken. Wir müssen umplanen."

Er macht sich Sorgen, denkt Cora, ich kann es an seiner Stimme hören: „Ich glaube, Mama wäre lieber jetzt als später am Boden", sagt sie.

„Ich halte durch", meint Marja, „aber ein zweites Mal möchte ich das nicht erleben. Ich hatte mir den Flug eher wie eine Busreise vorgestellt, aber das war wohl dumm von mir."

„Und du Papa, wie geht es dir?", fragt Cora.

„Ok", sagt Jak lapidar, als wolle er nicht darüber reden. „Götz entscheidet, er kennt sich aus."

Der Himmel reißt auf, und am Horizont sehen sie das glitzernde Band des Sambesi. Für eine Weile fliegt Götz entlang des Flusses auf eine riesige Rauchwolke zu, die wie eine Säule über dem Wasser steht. „Das sind die Fälle", sagt Götz. „Der Wasserdampf steigt bis zu dreihundert Meter hoch. Die Einheimischen nennen das Phänomen Mosi-oa-Tunya, donnernder Rauch. - Wir sind durch das Gewitter etwas vom Kurs abgekommen, aber jetzt ist alles gut. So ein Fluss, bei guter Sicht, ist einfach eine wunderbare Markierung", sagt er erleichtert.

Als die Rauchsäule näher rückt, zieht er den Flieger in eine lang gestreckte Kurve. „Um diese Jahreszeit führt der Sambesi Hochwasser. Tausende Kubikmeter Wasser stürzen in eine tiefe Schlucht, die sich der Fluss gegraben hat, und der Dampf wird wie in einem Kamin nach oben gepresst. An klaren Tagen ist der Sprühnebel noch aus dreißig Kilometern Entfernung zu sehen. Schade, dass wir nicht landen können, aber das, was jetzt kommt, ist auch nicht schlecht", sagt er, und fliegt direkt auf die Dampfwolke zu.

Inseln aus losgerissenen Pflanzen schwimmen in dem breiten Strom, als würden sie von einem Magnet zur Abbruchkante gezogen. Sie stauen sich kurz an einzelnen Felsbrocken mitten im Fluss und werden erneut mitgerissen. Götz zieht die Maschine in weitem Bogen um die Fälle herum, vorbei an der Eisenbahnbrücke nach Zimbabwe, und steuert von unten her auf die Abbruchkante zu. Für einen Moment versinkt alles im Nebel, und dann hören sie es: Ein Donnern und Zischen, das trotz des Motorengeräuschs ins Innere der Kabine dringt. Auf breiter Front bricht das Wasser, verwirbelt sich und stürzt wie ein gigantischer Perlenvorhang in ein dampfendes Nichts. Sekunden später zieht Götz die Maschine hoch in den klaren Himmel.

„Wow", sagt Jak. „Was hätte Livingstone dafür gegeben, fliegen zu können. Sie haben nicht zu viel versprochen, Götz."

„Soll ich noch einmal?", fragt der.

„Nein, besser nicht, zu gefährlich. Es war grandios, dagegen sind die Niagarafälle reinstes Hollywood", sagt Jak.

„Du warst begeistert, als wir vor Jahren dort waren", sagt Marja. „Fälle dieser Mächtigkeit scheinen Menschen wie ein Magnet anzuziehen, als wäre es Erlösung, von den Wassermassen erdrückt zu werden."

„Erlösung, von was?", fragt Jak. „Und jetzt, wo geht die Reise hin?"

„Wie gesagt, in Livingstone können wir nicht landen. Ich schlage vor, wir fliegen weiter zum Chobe River und landen in Namibia, direkt im Caprivi Streifen", sagt Götz. „In einer halben Stunde sind wir dort."

****

„Was ist, Papa, du bist so ruhig, schon seit wir in Chobe angekommen sind. Gefällt es dir nicht?"

„Was?"

„Die Reise."

„Ist gut. Aber auf einmal schlafe ich wieder mit meiner Frau unter einem Dach, obwohl wir uns längst nichts mehr zu sagen haben. Etwas seltsam finde ich."

„Wir können wechseln. Du und Götz in einem Zelt, Marja und ich im andern, wenn dir das lieber ist. Ich frage Götz, aber ich weiß nicht, ob ihr euch besser versteht als du und Marja. Immerhin wart ihr zwanzig Jahre verheiratet."

„Wir sind es immer noch. Vielleicht ist das das Problem. Lass nur Cora, es war nur so ein Moment. Deine Mutter und ich schaffen das schon. Es sind nur zwei Nächte."

Cora schweigt und sieht auf den Nilpferd Bullen, der sich langsam ins Schilf zurückzieht. „Wie gefällt dir Götz?" fragt sie unvermittelt.

„Ich hatte erwartet, dass du das fragst", sagt Jak, ohne seine Tochter anzusehen. „Ihr scheint euch zu mögen."

„Das ist keine Antwort."

„Cora, ich kenne ihn erst seit drei Tagen. Und die meiste Zeit saßen wir in eine Blechdose gepfercht. Ich in der Hoffnung nicht runter zu fallen, während er voller Begeisterung seine Flugkünste vorführte."

„Das ist nicht fair, Papa."

„Was ist schon fair? Erwartest du, dass ich ihn bewundere, weil er halb so alt ist wie ich? Weil es ihm gelungen scheint, dich aus deiner Traurigkeit herauszureißen, und dem Leben zurückzugeben? Ist es das, was du hören willst?"

„Ich hätte nicht fragen sollen."

„Frag Marja, sie kann Menschen beurteilen, das ist ihr Job. Ich bin nur ein schlechter Schriftsteller, dem eigentlich egal ist, was um ihn herum passiert."

„Ein larmoyanter, meinst du", sagt Cora bitter. „Ich mag Götz. Seine Nähe beruhigt mich."

„Das ist gut. - Fliegen wir noch in dein Dorf, oder hast du es dir anders überlegt?"

„Ja, morgen, es wird nur ein Tagesausflug. Am Abend sind wir wieder zurück."

****

Langsam stirbt das Stimmengewirr in den Kopfhörern ab und weicht einer Stille, die sich eher bedrohlich anfühlt. Die Luft in der Kabine ist stickig, trotz der geöffneten Seitenfenster. Marja und Cora sind weggedöst. Unter ihnen geht das Grün des Okavango Deltas in ein endloses, trockenes Buschland über.

Auf einmal weist Götz auf einen kaum erkennbaren Punkt am Horizont: „Dort ist sie, unsere Landebahn. Und hier die Straße, auf der fahren wir in Coras Dorf. Ich gehe tiefer und

31

sehe mir das Gelände und den Strip genauer an. Eigentlich sollte das Auto schon hier sein. Aber keine Sorge, wir landen, vertreten uns die Füße, und wenn mein Freund nicht bald auftaucht, fliegen wir halt zurück zur Lodge. Dann besuchen wir Coras Dorf eben ein andermal. Der Manager der Lodge hat gemeint, die Flut am Sambesi wäre schneller gestiegen als erwartet, sodass Teile der Straße unter Wasser stehen könnten. Wenn das stimmt, schafft es mein Freund nicht, zu uns durchzukommen. - Auf alle Fälle haben wir heute Abend jeder sein eigenes Dach überm Kopf. Die vom Sturm zerzausten Zelte sind dann repariert, hat mir der Manager der Lodge versprochen."

„Na hoffen wir, dass alles klappt", sagt Jak. „Die beiden schlafen, soll ich sie wecken?"

„Besser erst kurz vor der Landung."

Neben der Piste liegt ein weites Gebiet aus Sumpfgras, in dem unzählige weiße Reiher nach Fröschen suchen. Einzelne Vögel flattern auf und landen ein paar Meter weiter mit lautem Klappern erneut im Wasser.

Als Götz in weitem Bogen zur Landung ansetzt, schreckt der ganze Schwarm auf. Ein paar Reiher steuern direkt auf die Cessna zu. Götz zieht die Maschine hoch, doch es ist bereits zu spät. Der Propeller zerhackt einen der Vögel in der Luft und der Fahrtwind schmiert Blut und Federn über die Windschutzscheibe. Götz versucht beizudrehen, doch der Flieger reagiert nicht mehr.

Cora schreckt aus dem Schlaf. Sie ruft nach Götz, doch sie hat die Kopfhörer abgelegt und muss erst die Kabel zur Intercom entwirren. Schließlich schreit sie ins Mikrofon. „Was ist passiert, warum sehen wir nichts?"

„Ein Reiher ist auf die Windschutzscheibe geprallt. Unter den Wischern kann ich noch sehen, das reicht zum Landen. Ein Teil des Vogels muss das Höhenruder getroffen haben. Aber keine Sorge, im Gleitflug schaffen wir es auf die Piste. Ganz so schlimm kann es nicht sein, immerhin fliegen wir noch. Sicherheitshalber prüft eure Gurte und zurrt sie fest. Bei der Landung nehmt bitte den Kopf zwischen beide Arme und beugt euch hinter die Vordersitze. Bei Ihnen geht das nicht, Jak, legen Sie Ihre Jacke, oder etwas Weiches, auf das Armaturenbrett, und bleiben Sie weg vom Steuerknüppel. Keine Sorge, wir schaffen das."

„Götz", sagt Cora. Sie klingt heiser und gepresst.

„Ja?"

„Pass auf."

Dann fällt der Motor aus, und Cora spürt, wie die Cessna schnell an Höhe verliert. Die Nase neigt sich nach unten, und für eine Weile sieht sie die Landebahn durch ihr Seitenfenster. Das darf nicht sein, denkt sie, die Nase muss nach oben zeigen, hat Götz gesagt. Sie spürt, wie ihr übel wird und greift nach Marja, die sich bereits hinter den Vordersitz geduckt hat. Jak sieht nur starr geradeaus, während unter Götz' Kopfhörern Schweißperlen hervortreten. Auf einmal hört sie nur noch das dumpfe

Rauschen eines Tunnels. Cora denkt an die Nilpferde im Chobe Fluss, wie sie ihre Jungen zum Schutz vor dem Hausboot unter Wasser drücken. Alles unendlich langsam, und dann kracht es.

Götz schafft es nicht, die Cessna in der Mitte der Piste aufzusetzen. Ein Laufrad gräbt sich tief in den weichen Rand und reißt die Maschine abrupt um die eigene Achse. Sie überschlägt sich und wird in die Büsche am Rand der Landebahn geschleudert. Die Kabine richtet sich steil auf und kippt seitlich weg, bis sie mit einem Ächzen liegen bleibt.

Als Cora erwacht hört sie Jaks Stöhnen. Sie sieht Götz' Kopf auf dem Armaturenbrett und Marja leblos neben sich sitzen. Sie öffnet ihren Gurt, das Schlüsselbein schmerzt, doch sonst spürt sie nichts, außer einem Brausen im Kopf. Die Sicht ist unscharf, als sähen die Augen unabhängig voneinander. Wir müssen hier raus, bevor der Tank explodiert, schießt ihr durch den Kopf. Sie kann die Seitentür aufdrücken und sich hinauswinden. Die Tür neben Jak hat es beim Überschlag abgesprengt und sein rechtes Bein hängt seltsam verkrümmt nach außen. Er stöhnt, ist aber noch bewusstlos. Sie will Marjas Gurt lösen doch das Schloss hat sich verklemmt. Sie reißt Götz' Rucksack aus dem Gepäckfach und sucht sein Messer. Als sie den Gurt abschneidet, kommt Marja zur Besinnung.

Götz scheint unversehrt. Er ist noch benommen, denkt Cora, gleich hilft er mir. Immerhin hat er es geschafft zu landen, mein Gott, wir sind alle am Leben. „Wie geht es dir?", fragt sie Marja, die erst langsam begreift, was passiert ist.

„Sind beide tot?", fragt Marja.

„Nein, nur bewusstlos. Jaks Bein sieht schlecht aus, gebrochen möglicherweise. Und Götz rührt sich noch nicht, er scheint aber nicht verletzt zu sein. Wir müssen sie aus der Maschine ziehen, schnell, falls der Tank explodiert. Kannst du selbst aussteigen, oder brauchst du Hilfe?"

„Es geht schon, aber gib mir noch eine Minute. Alles tut so weh. Und dir, wie geht es dir?"

„Die Schulter schmerzt, aber das waren wohl nur die Gurte. Deine musste ich abschneiden, das Schloss hat sich verklemmt. Ein Wunder, dass wir das überlebt haben, wir sind frontal in die Böschung gerammt."

„Du bist so klar im Kopf, als hättest du so etwas schon einmal erlebt."

„Nein, und es spielt auch keine Rolle. Komm jetzt, Mutter, du musst raus aus dem Wrack. Und ich brauche deine Hilfe, um Jak und Götz aus dem Flieger zu ziehen. Sie sind zu schwer für mich allein."

Als sie versuchen, Jaks Körper aus dem Cockpit zu hieven, sehen sie, dass der Motor in den Innenraum gedrückt wurde und die Beine der beiden Männer eingeklemmt hat. Jak lässt sich nach einiger Mühe befreien, dabei kommt er zu Bewusstsein, schreiend, als würde er aus einem Albtraum erwachen. „Das Bein, das Bein“, stöhnt er. „Was ist mit dem Bein?“

„Wir sehen gleich nach, aber zuerst müssen wir Götz herausholen. Hier, leg dich auf meine Jacke, ich bin gleich zurück“, sagt Marja und eilt zu Cora, die regungslos neben Götz' Körper steht.

„Er rührt sich nicht“, sagt sie tonlos, und sieht perplex auf seine zerquetschten Beine. „Er ist nicht bewusstlos“, sagt sie. „Ich dachte, …. Er sieht so lebendig aus“, sagt sie trotzig, wie ein kleines Mädchen, das ihren Spielkameraden verloren hat.

„Komm“, sagt Marja. „Du kannst ihm nicht mehr helfen. Wir müssen weg von hier, es ist zu gefährlich, falls die Maschine explodiert.“

„Das hätte sie gleich beim Aufprall getan, jetzt nicht mehr, und vielleicht lebt er ja doch?“

„Er atmet nicht“, sagt Marja. Vorsichtig versucht sie Cora in den Arm zu nehmen.

Doch die stößt sie zurück. „Lass mich. Ich brauche einen Moment allein mit ihm. Kümmere dich bitte um Jak.“ Sie schmiegt sich neben Götz und presst seine Hand auf ihr Gesicht. „Warum ausgerechnet jetzt? Du hast versprochen, dass wir zusammenbleiben. Ich will nicht zurück in meine Einsamkeit“, stammelt sie, und denkt an die Nacht auf dem Hausboot im Chobe Fluss. Sie spürt seine Lippen, die Hand auf der Brust, und ein tiefes Röcheln entweicht ihrem Mund.

Sie weint nicht, sieht ihn beim Abendessen in Joburg, seine Verlegenheit, als er in ihr Dorf zurückkam. Wir wollten nach Namibia fliegen, denkt sie. Den Tagesanbruch oben auf den Dünen erleben, wenn sie goldgelb in der Sonne zu leuchten beginnen, hat er gesagt.

Sie steht auf, strafft sich, und betrachtet seinen Oberkörper, wie er auf dem Steuerknüppel liegt. Sie nimmt seinen Arm, der lose herunterhängt, und legt ihn auf das Armaturenbrett, als wolle sie, dass es aussieht, als würde er schlafen.

Dann tritt sie einen Schritt zurück, taucht unter dem zerbeulten Flügel durch und bewegt sich mechanisch auf Marja zu, die inzwischen versucht hat, Jak zu beruhigen. „Zeig mir dein Bein, Papa. Wir müssen die Hose aufschneiden", sagt sie, ohne auf Jaks leises Stöhnen einzugehen. „Und wir brauchen eine Plane, du kannst nicht so im Freien liegen, es könnte regnen."

Marja steht hilflos daneben: „Ich…, ich…, ich hätte nicht darauf bestehen dürfen in dein Dorf zu fliegen. Dann wäre alles nicht passiert…", stammelt sie, und schlägt die Hände vors Gesicht.

„Hör auf Mutter, es war ein Unfall, keiner von uns hat es gewollt. Hilf mir bitte, Jak hat Schmerzen."

„Wie kalt du bist."

Cora sieht sie lange an, öffnet den Mund, will antworten, lässt es aber und fragt Jak: „Wie geht es dir? Wir wollten dir nicht unnötig weh tun, aber du musstest raus aus dem

Cockpit. Wir hatten Angst, dass die Maschine in die Luft fliegt und euch beide mitnimmt."

„Was ist mit Götz?"

„Er ist tot."

Jak bringt nur ein hilfloses Krächzen hervor.

Jetzt kommen die Schmerzen, denkt Cora: „Bitte steh nicht herum, Mutter, hilf mir Jak zu versorgen. Hinten im Kofferraum ist auch eine Notapotheke, da findest du Schmerztabletten und Morphin. Und wir müssen Götz begraben. Er darf nicht im Wrack bleiben, es könnte sein, dass uns eine Hyäne besucht. Irgendwie müssen wir die Nacht überstehen, und morgen hole ich Hilfe."

Cora gibt Jak einen Schluck Wasser während Marja hektisch den Apothekenbeutel durchsucht. „Gut, dass die Kanister ganz geblieben sind. Wir werden sie noch brauchen", sagt Cora und beginnt mit der Routine einer Krankenschwester Jaks Hose aufzuschneiden. Als sie den seitlich heraus-ragenden Knochen sieht, bläst sie die Luft durch die Zähne. „Das müssen wir irgendwie begradigen. Es wird weh tun, Papa", sagt sie im Aufstehen.

„Wohin gehst du?", fragt er.

„Ein paar Stöcke holen, für eine Schiene."

„Wo hast du all das gelernt?", fragt Marja, die hilflos danebensteht.

„Mama, ich lebe seit Jahren in einem abgelegenen, afrikanischen Dorf, was denkst du, wie ich dort zurechtkomme? Manche halten mich inzwischen für eine Heilerin, nur weil ich ein paar Medikamente besitze, die ich mir wegen meiner Kreditkarte leisten kann", sagt sie auf dem Sprung, doch dann kommt sie zurück und nimmt Marja in den Arm: „Der Tod, Mutter, gehört dort zum Alltag. Nicht dass er weniger schmerzt, aber die Menschen wissen, dass das Leben stärker ist. - Wir können vorerst nichts anderes tun für Jak, als ihm Morphium geben." Für einen Moment zögert sie. „Ich bin nicht kalt, Mutter, ich leide, aber ich habe gelernt, es zu verbergen. Immer schon, seit meinem Unfall. Und diesmal schmerzt es besonders. - Wir müssen Götz begraben, das ist schwer ohne Werkzeug, also werden wir ihn in Lehm einwickeln und unter einen Steinhaufen legen. Du kannst schon mal anfangen, Steine zu sammeln, möglichst große Brocken. Und dann brauchen wir ein Dach überm Kopf. Götz hat immer ein kleines Armeezelt dabei, für alle Fälle. Das brauchen wir jetzt. Es muss hinten im Gepäckfach sein."

Noch bevor die Nacht anbricht, kratzen sie mit einem Klappspaten und bloßen Händen eine Kuhle in den harten Boden und legen Götz' Leiche hinein. Zuvor haben sie den Körper mit feuchtem Lehm überzogen, den Cora aus dem Tümpel geholt hat, in dem die Reiher ungestört weiter nach Fröschen jagen, als wäre nichts geschehen.

Nachdem sie den Leichnam mit Steinen bedeckt haben, setzen sie sich zusammen. Cora schaut erst Jak dann Marja an: „Ich muss Hilfe holen, aber erst morgen früh. Wenn wir hierbleiben und darauf warten, bis uns jemand findet, können Tage vergehen. Keiner weiß, dass wir überhaupt hier sind, also sucht auch niemand. Nur in der Lodge erwarten sie uns zurück, aber vielleicht denken sie, wir wären einfach weitergeflogen, und Götz holt das Gepäck später ab. Nach ein paar Tagen fragen sie sich wahrscheinlich, weshalb das Gepäck immer noch da ist, aber sie wissen nicht, wo sie suchen sollen. Schließlich gibt es keine Meldung über einen Absturz. Also werden sie weiter abwarten. Mein Telefon funktioniert auch nicht, ich brauche eine Höhe, vielleicht geht es dann. Ich kann versuchen, einen Notruf mit der Bordanlage abzugeben, aber ich weiß nicht, ob sie den Aufprall überlebt hat. Das sicherste scheint mir, ich schlage mich zu einer Straße oder dem nächsten Dorf durch. Irgendeine Verkehrsanbindung muss es geben, warum sonst existiert diese Landebahn im Nichts. Außerdem sollten wir ja von einem Auto abgeholt werden.“

„Ich habe die Straße gesehen, kurz bevor wir in den Vogelschwarm gerieten“, sagt Jak. „Und es gab ein Dorf, aber ich kann dir nicht sagen, wie weit entfernt es ist. Götz hat es mir im Anflug gezeigt, es bestand nur aus ein paar Hütten. - Und, Cora, Götz war ein ungewöhnlicher Mann, ein Guter. Besser, als ich es je sein konnte“, schiebt er leise hinterher.

Cora sieht ihren Vater lange schweigend an, ohne darauf einzugehen. Sie wendet sich an Marja, die Jaks Bemerkung nicht gehört hat. „Wenn ich also in einem großen Kreis um die Piste wandere, muss ich zumindest auf die Straße stoßen. Das ist meine einzige Hoffnung", sagt sie.

****

Lange bevor sich der Himmel grau färbt, stimmen die ersten Vögel ihren Morgengesang an. Cora steht auf, sie will zu Götz' Grab gehen und nachsehen, ob sich während der Nacht ein Tier daran zu schaffen machte. Ihr ist kalt. Sie hat die letzten Stunden vor dem Morgengrauen an einen Felsen gelehnt in die Dunkelheit gestarrt und versucht, ihre rasenden Gedanken zu ordnen. Sie spürt, dass auch Marja wach ist, nur Jak scheint zu schlafen. Wenigstens zeigt das Morphium Wirkung, denkt sie, als sie sich erhebt.

Kaum, dass sie steht, schreckt Marja hoch: „Wohin gehst du?", fragt sie.

„Ich gehe ans Grab, und dann zum Wrack, vielleicht gelingt es mir ja doch eine Verbindung herzustellen. Danach will ich los, bevor es zu heiß wird. In meinem Rucksack sind Kekse und Äpfel, die lasse ich hier. In spätestens drei Stunden bin ich wieder zurück, mit hoffentlich guten Nachrichten."

„Hast du auch dieses grässliche Gelächter in der Nacht gehört? Was war das?"

„Eine Hyäne, sie war bereits da, als wir das Grab gebaut haben. Sie riechen Blut meilenweit. Ohne den Schlamm hätte sie der Geruch verrückt gemacht."

„Gehst du vom Flugzeug gleich weiter?"

„Nein, ich komme zurück, bringe etwas Wasser und was immer ich sonst noch finden kann."

Bald darauf kommt sie mit zwei Flaschen Wasser und dem Sitzkissen der Rückbank des Fliegers zurück. „Mir genügt eine", sagt sie, und steckt die halb volle Flasche in ihren Rucksack. „Die andere ist für euch. Die Sitzkissen der Vordersitze lassen sich nicht ausbauen. Ich muss jetzt los, bevor die Sonne zu stechen beginnt. Kommst du klar?"

Sie küsst Marja auf die Stirn und geht zu Jak. Als sie sieht, dass er schläft, nickt sie, schultert den Rucksack und will los.

„Cora", ruft ihr Marja hinterher, kaum, dass sie sich ein paar Schritte entfernt hat. „Bitte lass uns nicht allein!"

„Mutter, wie kommst du überhaupt auf so eine Idee. Ich muss mich orientieren, wenn wir eine Chance haben wollen hier wegzukommen. Jak hat ein Dorf erwähnt, das er im Anflug gesehen hat, aber ich weiß nicht in welcher Richtung es liegt."

Marja fürchtet sich, allein mit Jak zu bleiben, aber sie will auch keine Schwäche zeigen. Trotzdem bricht die Angst aus ihr heraus: „Können wir nicht doch mitkommen?"

„Nein Mutter, Jak kann nicht gehen mit dem Bein. Und du musst Kraft sparen. Ich weiß nicht, wie lange es dauert, bis Hilfe kommt. Aber wir schaffen es, irgendwie, vertrau mir, bitte!"

Für eine Weile irrt sie durch die flache Buschlandschaft, bis sie auf eine Schotterpiste trifft, auf der noch frische

Reifenspuren zu sehen sind. Auf jeden Fall nach dem Regen, denkt sie, und folgt der Straße, deren grobkörnigen Kies sie durch die Schuhsohlen spürt. Doch die Ziellosigkeit ihres Tuns wird ihr schnell bewusst. Ich muss eine Erhebung finden, von wo ich die Straße im Auge behalten kann, denkt sie, verlässt die Piste und zieht sich an ein paar vorspringenden Wurzeln die Böschung eines Abhangs hoch, von wo sie das umliegende Land und den weiteren Verlauf der Straße sehen kann. Es ist sehr still.

Sie setzt sich in den Schatten einer Schirmakazie und nimmt einen Schluck Wasser. Sparsam, denkt sie, und prüft ihr Mobiltelefon, doch das Gerät zeigt keinen Empfang. Langsam beginnt die Luft über der trockenen Ebene zu flimmern. Müdigkeit wächst in ihr wie Molasse, ich darf nicht einschlafen, denkt sie. Wenn ich in drei Stunden nicht zurück bin wird Marja verrückt.

Auf einmal sieht sie am Horizont eine Rauchfahne, die sich als die Staubwolke eines Autos entpuppt, das auf sie zukommt. Ich muss die Straße erreichen, bevor es vorbei ist, schießt ihr durch den Kopf. Sie rutscht und stolpert die Böschung hinunter und rennt keuchend zur Piste. Dort sieht sie das Auto, nur noch ein paar hundert Meter entfernt. Der Fahrer hat sie anscheinend noch nicht entdeckt, denn er fährt mit hoher Geschwindigkeit auf sie zu. Sie stellt sich mitten auf die Fahrbahn und springt wie ein Hampelmann auf und ab. Er muss halten, hämmert es in ihrem Kopf. Wenn nicht, werfe ich mich vors Auto, dann ist alles vorbei.

Aus dem mit Staub bedeckten, verbeulten Bakkie steigt ein Mann unbestimmbaren Alters. Er erweist sich als eine Art fliegender Händler, der die weit auseinander liegenden Dörfer mit Tand und Zeug versorgt. Sein verwittertes Gesicht verzieht sich schmerzhaft, als ihn Cora sofort mit einem Schwall an Worten überfällt, die er nicht versteht. Schließlich findet sie heraus, dass er Bemba spricht, die Sprache ihres Dorfs.

Sie hätte ihn am liebsten umarmt.

„Im nächsten Dorf kriegen sie Hilfe, es hat aber keinen Arzt. Um zur nächsten Klinik zu kommen, müssten sie über den Fluss, das geht aber nicht wegen der Flut. Die meisten Straßen in der Region stehen bereits unter Wasser", sagt der Mann, nachdem sich Cora beruhigt hat. „Vielleicht gelingt ihnen im Dorf eine Verbindung mit dem Telefon. Wenn es klappt, könnten sie ihnen einen Hubschrauber schicken."

Wenn nicht, stirbt Jak an Wundbrand, denkt Cora. „Könnten Sie uns in das Dorf fahren? Meine Mutter und Vater sind nicht weit entfernt von hier. Vater ist schwer verwundet, er kann nicht gehen."

„Natürlich."

Es dauert, bis sie auf der holprigen, mit Schlaglöchern übersäten Piste das Dorf erreichen. Noch vor den ersten Lehmhütten umringt sie eine Horde halb nackter, kleiner Kinder, die sofort still werden, als sie der Fahrer zurechtweist, indem er auf Jak zeigt.

Es war gar nicht so weit, denkt Cora, wenn Jak gehen könnte, wären wir zu Fuß fast genauso schnell gewesen. Vielleicht haben sie im Dorf sogar gesehen, wie wir durch die Luft getrudelt sind, bevor wir aufprallten. Unsinn, denkt sie, sie wären sofort gekommen.

Am Rand des Dorfes liegt ein niedriger Bergrücken, den Cora zuvor nicht wahrgenommen hat. Gott sei Dank, denkt sie, ich muss völlig durcheinander gewesen sein. Bitte gib, dass ich von dort oben eine Telefon Verbindung bekomme.

Cora will sofort den Dorfältesten sprechen, doch der ist wenig begeistert, sie zu sehen. Schließlich ruft er nach einem jungen Mann, der leidlich Englisch spricht. Als der Dorfälteste Jaks Verletzung sieht, schüttelt er den Kopf.

„Sein Bein ist gebrochen, er braucht dringend einen Arzt", sagt Cora.

„Wir haben keinen", sagt der Dorfälteste. Nach einem Moment des Überlegens schickt er den jungen Mann zu einer geräumigen Hütte, im Schatten eines Affenbrotbaums. Gleich darauf tritt eine ältere Frau aus der Hütte. Ihre Haare stecken unter einem farbigen Turban, das Gesicht bildet eine Landschaft aus winzigen Falten, die sich in ein Lächeln verwandelt, als sie Cora die Hand reicht.

„Sangoma", sagt der Dorfälteste, und weist auf die Frau.

In dem Moment bricht Cora in Tränen aus, als wäre ihr eine schwere Last von den Schultern genommen.

Marja eilt zu ihr. „Was ist?"

„Ich kann es dir nicht erklären. Ich bin so erleichtert. In meinem Dorf gibt es auch eine Medizinfrau, die ich sehr mag. Hoffentlich vertraut ihr Jak, dann haben wir vielleicht eine Chance."

„Wir müssen ihn irgendwo unterbringen. Auf der Autopritsche kann er nicht bleiben", sagt Marja.

„Ja, natürlich." Cora wendet sich auf Bemba an die Sangoma. Sie spricht schnell, gestikuliert viel, und bei medizinischen Fachausdrücken wechselt sie ins Englische. Schließlich geht die Medizinfrau zu Jak und untersucht sein notdürftig geschientes Bein.

Als sie den offenen Bruch sieht, schüttelt sie besorgt den Kopf. „Er braucht einen Arzt, bei so etwas kann ich nur Schmerzen lindern. Ich mache mir Sorgen, dass Wundbrand hinzukommt, wenn er nicht schnell behandelt wird. Nehmen sie mein Haus, ich ziehe inzwischen zu meiner Schwester. Und sagen Sie ihm, er muss kämpfen, sonst kann ich nicht helfen."

Gegen was, denkt Cora. Gegen die Krankheit? Gegen den Tod? Es ist noch zu früh.

„Ich werde einen unserer jungen Männer zu Fuß losschicken, um Hilfe zu holen", fährt die Sangoma fort. „Wenn er den Sambesi erreicht, braucht er ein Boot, um ihn zu überqueren, das kriegt er nur von einem der Fischer am Fluss. Sie sollten dem Mann Geld mitgeben, er wird es nicht vertrinken, das verspreche ich. Josef ist der Sohn meiner Schwester."

„Danke. Als Behausung können wir auch eine der Lagerhütten nehmen, wir brauchen nur ein Dach überm Kopf", sagt Cora.

„Nein, nehmen Sie mein Haus. Da ist alles, was ich brauche, um ihn zu versorgen, und er hat ein Bett. Sie und ihre Mutter müssen aber leider auf dem Boden schlafen. Unser Dorf ist arm, wie sie sicher gesehen haben."

„Es ist sauber, und wir müssen nicht in der Wildnis übernachten. Wissen Sie, ob jemand im Dorf ein Mobiltelefon besitzt? Mein Akku ist fast leer. Und glauben Sie, ich könnte ein Bett kaufen? Es wäre für meine Mutter. Ich bezahle gut."

„Josef hat ein Mobiltelefon, aber es funktioniert meist nicht. Und wegen des Betts fragen Sie besser selbst, vielleicht findet sich jemand der Ihnen seins überlässt."

„Funktioniert sein Telefon nicht, weil es leer ist, oder weil es keine Verbindung gibt?", fragt Cora nach.

„Das weiß ich nicht", lächelt die Sangoma verlegen und deutet auf einen jungen Mann, der ihnen von der anderen Seite des Dorfplatzes aus zusieht. „Fragen Sie Josef, der im gelb gestreiften Hemd, er ist auf die Missionsschule gegangen und spricht englisch." Sie winkt den jungen Mann zu sich und spricht lange in einer Sprache auf ihn ein, die Cora nicht versteht.

Als das Palaver beendet ist, verbeugt sich der junge Mann vor Cora und reicht ihr die Hand. „Ich heiße Josef, aber das wissen Sie ja bereits."

Cora nimmt seine Hand und fragt sofort: „Gibt es eine Netzverbindung für das Mobiltelefon?"

„Nur selten, und wenn, dann von dort oben. Und meist auch nur für eine Stunde oder so, gegen vier Uhr nachmittags. Keine Ahnung warum das so ist." Mit ausgestrecktem Arm weist er auf den Bergrücken hinter dem Dorf.

„Würden Sie mir Ihr Telefon leihen, damit ich Hilfe für meinen Vater rufen kann?"

„Gerne, aber es ist nicht aufgeladen. Was ist mit Ihrem Telefon?"

„Mein Akku ist fast leer."

„Versuchen sie es mit meiner Ladestation, einer Autobatterie, vielleicht geht es, meistens aber nicht. - Meine Tante sagt, ich solle mich zu Fuß auf den Weg machen. Es ist weit, aber wenn mich ihr Fahrer bis ins nächste Dorf bringt, das liegt bereits am Rand der Flut, dann geht es schneller. Er wird Geld haben wollen."

„Das spielt keine Rolle. Gibt es dort eine Klinik?"

„Nein, weit und breit nicht. Meine Tante versorgt uns, und manchmal geht sie auch in die Nachbardörfer."

„Was ist, wenn jemand schwer krank wird?", fragt Cora.

Der junge Mann sieht besorgt auf seine Tante. „Einige sterben", sagt er leise. „Soll ich mit dem Fahrer reden?"

„Ja, bitte", sagt Cora. Sie wendet sich an Marja, die gespannt zugesehen hat. „Er hat ein Telefon, aber es funktioniert nicht richtig, und meins hat kaum noch Power. Wie sieht es mit deinem aus?"

„Ich habe es in Johannesburg gelassen, und Jak hat schon lange keins mehr, hat er einmal gesagt."

„Dann muss ich versuchen, meins aufzuladen. Götz hat eine Ladestation im Flugzeug für Computer und Mobiltelefon. Irgendwie brauchte er das Gefühl immer erreichbar zu sein, vielleicht passt mein Adapter. Wir schicken den Fahrer mit dem Jungen los, um Hilfe zu holen. Derweil kann ich zurück zum Flugzeug gehen, es ist näher als ich dachte, eine Stunde zu Fuß, mehr nicht."

Während Cora noch mit dem Neffen der Sangoma verhandelt, holt die ein paar Sachen aus dem Haus und trägt sie in die Nachbarhütte. Dann bittet sie zwei der herumstehenden jungen Männer, Jak in ihr Haus zu tragen. Sie tut alles mit ruhiger Selbstverständlichkeit, die keinen Widerspruch erlaubt. „Kommen Sie", sagt sie zu Cora und Marja, „ich zeige Ihnen mein Haus."

Im Halbdunkel der Hütte sehen sie an den Wänden grobe Holzregale voller Gläser mit Salben und farbigen Felsbrocken. Büschel von Kräutern und Vogelkadavern hängen an der Wand. In einer flachen Schale aus Binsen liegen Knochenreste. Marja ekelt sich, doch als sie sieht, wie selbstverständlich Cora sich umsieht, fragt sie. „Ist das normal?"

„Sie ist eine Heilerin", sagt Cora. „Ihre Medizin erhält sie aus der Natur, das funktioniert manchmal besser als die Medikamente bei uns, aber eben nicht immer. Die Heiler bauen darauf, dass der Patient daran glaubt, geheilt zu werden. Bei Jak wäre ihr lieber, wenn rechtzeitig Hilfe käme, hat sie gesagt. Sie weiß, wo ihre Grenzen liegen, und ein offener Bruch ist keine Kleinigkeit."

Draußen fragt Marja: „Wo sind die Männer?"

„In den Minen, im Kupfergürtel, im Nordosten. So ist es überall", sagt Cora. „Bei mir im Dorf ist es nicht anders."

„Welch ein Land!"

Cora will etwas sagen, setzt an, verkneift es sich aber, als sie sieht, wie Marja mit sich kämpft. „Du denkst, es ist alles so rückständig, nicht wahr", sagt sie nach einiger Zeit. „Ist es auch, aber nur aus Sicht unserer Welt, Mutter. Wir haben uns befreit vom Wasser holen und Holz schleppen, aber das gibt uns kein Recht, auf die herab zu blicken, die es immer noch tun müssen. - Vor zwei Jahren war ich in Somalia. Ich sollte aushelfen, weil einer unserer Leute vor Ort erkrankt war. Die Leute, die im Büro so einen Einsatz planen, dachten wohl, ich wäre inzwischen eine halbe Afrikanerin und könne überall hingehen, wo es Schwarze gibt. Vielleicht dachten sie auch: Armut ist sowieso immer gleich, egal wo du bist." Sie lacht verächtlich. „Tatsächlich wäre ich ums Haar dortgeblieben. Ich habe nichts davon erzählt, weil ich euch nicht beunruhigen wollte. Damals war Somalia noch nicht so schlimm, aber heute ist es die wahre Hölle. Ganze Generationen traumatisierter, junger Männer leben inzwischen in Ketten, damit sie sich nicht selbst verstümmeln können. Jeder in seinem Wahn, in den ihn der Krieg gestürzt hat. Die Familien zerbrechen, und die wenigen Frauen, die versuchen eine Fassade von Gesellschaft aufrecht zu halten, sind verzweifelt. Es sind ihre Männer, ihre Söhne, und sie sehnen sich nach dem Moment, wo sie tot sind. Dagegen ist die Welt hier in Ordnung, Mutter. Die Menschen sind arm, aber sie vertrauen einander."

„Warum erzählst du mir das? Weil ich diese Sangoma nicht so sehe wie du? Denkst du, du kannst eine Welt heilen, die längst nicht mehr zu reparieren ist?", fragt Marja.

Cora schüttelt den Kopf. „Reparieren nein, heilen vielleicht. Etwas, das nicht funktioniert, sollte nicht repariert werden. - Egal, jetzt ist nicht die Zeit für Grundsatzdebatten. Ich versuche besser, das Telefon aufzuladen. Wenn es gelingt, gehe ich sofort auf diesen Berg dort. Erwarte mich also nicht zu früh zurück. Das Mobiltelefon ist unsere beste Chance, hier raus zu kommen. Wer weiß, ob es der Junge über den Sambesi schafft. Bevor er ging, hat er gesagt, dass er manchmal vom Berg aus telefonieren konnte. Halt mir die Daumen."

Auf dem Weg zum Flugzeug geht sie an Götz' Grab vorbei. Sie spricht kurz mit ihm, als wäre er noch am Leben: „Weißt du, mein Dorf ist gar nicht so schlecht. Manchmal regnet es sogar, dann ist die Luft rein und klar. Dann verfärben sich die Hügel, blau und schimmernd in der Morgensonne. Sie verschwimmen etwas und es kommt mir vor, als könne ich in die Zukunft sehen. Dann denke ich, wenn ich das tue, was ich mir vornehme, dann führt es auch zu etwas anderem, und das wieder zum nächsten, bis meine ganze Zukunft vor mir liegt, blau und schimmernd. Als du aus der Staubwolke aufgetaucht bist, war es wie eine Bestätigung. Und vielleicht trage ich ja jetzt unsere gemeinsame Zukunft in mir."

Sie geht weiter zum Wrack und stellt fest, dass der Stecker ihres Adapters nicht passt. Sie setzt sich neben das zerknautschte Cockpit und weint bitterlich. Es ist das erste Mal nach dem Unfall, dass sie die Beherrschung verliert. Danach fühlt sie sich wie befreit. Sie erinnert sich, dass auch Götz für seinen Computer immer einen Adapterstecker benützt hat, der sich irgendwo im Flieger befinden muss. Fieberhaft beginnt sie zu suchen. Schließlich findet sie den Stecker zusammen mit ein paar Schraubenziehern in einer alten Werkzeugtasche im Seitenfach des Gepäckraums. Noch während sie zur Dockingstation geht, prüft sie, ob der Adapter passt. Er tut es, sie schließt an, und mit einem Aufschrei der Erleichterung begrüßt sie das Ladesignal auf dem Bildschirm.

Zwei Stunden Ladezeit, denkt sie, das muss reichen, damit ich Greta anrufen kann. Sie ist meine Freundin, sie wird uns helfen Hilfe zu kriegen. Am späten Nachmittag, hat der Junge gesagt, ist die Verbindung am besten. Das passt, eine Stunde zurück, den Hügel hinauf, dann ist es gegen fünf und noch hell genug, um rechtzeitig vor Anbruch der Nacht wieder im Dorf zu sein.

Sie geht zu Götz' Grab und setzt sich davor. Die Wärme des Bodens tut ihr gut. „Danke, Götz", sagt sie. „Wenn wir hier rauskommen, holen wir dich nach Johannesburg, versprochen. Später werde ich wahrscheinlich nicht mehr in mein Dorf können. Es ist Zeit für mich zurück nach Europa zu gehen. Ohne dich hält mich nichts mehr in Afrika. Aber lass mich jetzt noch nicht allein, ich brauche dich, um Jak am Leben zu halten."

Zurück am Flugzeug prüft sie die Ladeanzeige und setzt sich in den Schatten des lädierten Flügels. Sie versucht zu schlafen, doch ihre Gedanken kommen nicht zur Ruhe. Was ist, wenn Greta nicht mehr in Berlin ist? Was ist, wenn sie ihre Reisepläne geändert hat? Dann muss ich Gudrun, Jaks Freundin, direkt erreichen, aber ich kenne sie doch kaum. Erst mal Greta, Gudrun danach, aber was ist, wenn es die Verbindungen zum Außenamt, von der Jak geschwärmt hat, gar nicht gibt?

Sie prüft den Akku und stellt fest, dass er geladen ist. Sie verwahrt den Adapter im Rucksack und steigt sofort auf den von Gras und Büschen überwachsenen Bergrücken. Auf einem riesigen Felsbrocken, von wo sie die ganze Ebene überblicken kann, versucht sie Greta zu erreichen. Als das Freizeichen ertönt, wäre sie fast geplatzt vor Glück: „Bitte, bitte, sei da, geh hin, ich brauche dich, mehr denn je", stammelt sie. Und auf einmal hört sie Gretas verzerrte

Stimme. „Greta, um Gottes willen, ich hatte schon gedacht, du gehst nicht ran."

„Was ist passiert, du rufst doch sonst nicht an?"

„Wir sind abgestürzt und sitzen fest, in einem kleinen Dorf im Süden Sambias. Götz ist tot und Vater schwer verletzt. Wenn er nicht bald ausgeflogen wird, stirbt auch er. Du musst uns helfen."

„Cora, ich bin in Berlin, wie soll das gehen?"

„Jaks Freundin, die hat Verbindungen zum Außenamt. Vielleicht lässt sich auf diesem Weg eine Rettung organisieren. Hier vor Ort geht nichts mehr, der Sambesi ist übergetreten, ganze Regionen sind überschwemmt. Ich weiß nicht, was ich sonst tun könnte, wenn du mir nicht hilfst."

„Natürlich helfe ich dir, ich weiß nur nicht ob es gelingt. Wie heißt diese Freundin?"

„Gudrun, ich gebe dir ihre Nummer. – Hast du sie?"

„Ja, habe ich. Wie kann ich dich erreichen?"

„Unter meiner Nummer. Morgen Nachmittag gehe ich wieder hierher, auf einen Berg, da scheint die Verbindung zu klappen. Danke Greta."

„Ist doch klar."

Wieder im Dorf erzählt ihr Marja, dass sie ein paar Betten auftreiben konnte: „Diese Gestelle mit den Seilen als Liegefläche, wie auch Jak eines hat", sagt sie.

„Wer hat sie dir gegeben?", fragt Cora. „Normalerweise haben sie keine Ersatzbetten. Und die Sangoma meinte auch, es wäre schwer eins zu finden."

„Eine Frau kam und bot sie mir an. Zuerst wollte sie kein Geld, aber als ich darauf bestand ihr wenigstens einen kleinen Mietpreis zu zahlen war sie froh, glaube ich. Wir liegen bestimmt bequemer, als auf dem Sitzkissen des Fliegers. - Du wirkst sehr erleichtert, das Telefonat hat dir anscheinend neue Hoffnung gegeben."

„Als das Aufladen funktionierte, fiel mir ein riesiger Stein vom Herzen. Und als ich schließlich Gretas Stimme hörte, wäre ich vor Freude fast in die Luft gesprungen. Wie geht es dir? Seit wir hier sind, habe ich dich kein einziges Mal gefragt."

„Ich habe überall blaue Flecken und alles schmerzt, aber das spielt keine Rolle. Mach dir wegen mir keine Sorgen."

Ja, denkt Cora, es zählt nur, dass wir Jak ins Krankenhaus bringen. „Ich habe mir die Schulter verzogen, entweder schon beim Aufprall oder beim Tragen von Jaks improvisierter Bahre. Wie geht es ihm? Akzeptiert er die Sangoma?"

„Er schläft viel. Gut, dass wir das Morphium haben. Eigentlich unfassbar, dass wir hier sitzen, wir hätten alle tot sein können", sagt Marja.

„Ja, es war knapp."

„Gestern Nacht sah ich dich schlafen. Neben dir stand eine hoch aufgerichtete Schlange. Ich wollte sie vertreiben, aber ich konnte mich nicht bewegen. Gleichzeitig war alles so friedlich." Marja schüttelt den Kopf, als könne es nur ein Traum gewesen sein.

Cora betrachtet ihre Mutter, ungläubig, sie kann ihn nicht gesehen haben, denkt sie. „Wann hattest du den Traum?", fragt sie.

„Gegen vier Uhr morgens, es war noch dunkel. Ich wollte eigentlich nicht darüber reden."

„Es war kein Traum, Mutter. Götz war noch einmal zurückgekommen. Wir haben oft darüber gesprochen, was nach dem Tod passiert. Ich dachte eigentlich, er würde ein anderes Tier werden, Schlangen mochte er nicht. Aber ich mag Schlangen, schon immer."

„Hast du sie gesehen?", fragt Marja fassungslos.

„Ja, ganz klar im Mondlicht. Ich habe es der Sangoma erzählt, weil ich sicher sein wollte."

„Und?"

„Sie hält es für möglich. Hier in Afrika haben die Menschen eine besondere Beziehung zu Tieren. Du brauchst also nicht zu denken, dass ich verrückt bin."

„Hast du deshalb kaum um Götz getrauert, weil du wusstest, dass er zurückkommen würde?", fragt Marja verwundert.

„Ja, wie bei dir, als du nach Berlin gegangen bist, und mich bei Jak zurückgelassen hast. Auch da wusste ich, dass du eines Tages wieder kommen würdest. Es hat nur sehr lange gedauert."

„Aber ich war nie weg."

„Doch, du hast uns nicht mehr ertragen", sagt Cora traurig.

Marja atmet tief durch. Sie betrachtet ihre Tochter, als sähe sie einen neuen Menschen: „Seit wann lebst du in dieser Geisterwelt?", fragt sie nachdenklich. „Ich habe dich für eine rationale Person gehalten."

„Das eine hat mit dem anderen nichts zu tun. Nach dem Unfall, als ich ewig im Krankenhaus lag, begann ich, mir Welten auszudenken, die nur mir gehörten. Damals fühlte ich mich schrecklich allein."

„Aber wir waren doch da", sagt Marja verzweifelt.

„Ja, aber nur äußerlich. Im Grunde wart ihr immer nur mit euch selbst beschäftigt. Greta war da. Mit ihr konnte ich über alles reden. Und dann kam eine Amsel, jeden Morgen kam sie und zwitscherte auf meinem Fensterbrett, als würde sie mit mir reden. Manchmal haben Greta und ich versucht, zurück zu pfeifen, das klappte nicht besonders. Aber wenn ich allein pfiff, dann hat die Amsel meist geantwortet. In meinem Dorf spreche ich viel mit den Tieren, manchmal auch mit den Dingen. Die Leute finden das völlig normal, und zuweilen wird es ganz still um mich, als verstünden plötzlich alle, was ich sagen will."

„Du warst schon immer ein starkes Mädchen. Kannst du dich noch an diesen achthundert Meter Lauf erinnern? Ich habe dich im Internat besucht, wollte etwas mit dir unternehmen, aber du bestandst darauf, an dem Sportfest der Schule teilzunehmen, trotz deiner Behinderung."

Cora lächelt, Behinderung, denkt sie, das erste Mal, dass sie es ausspricht. Früher war es ein absolutes Tabu, als gäbe es nicht, was es nicht geben durfte. „Ich wollte dir zeigen, dass ich mithalten kann, trotz der Hüfte. Aber nach kurzer Zeit schmerzte das Bein so höllisch, dass ich es kaum noch ertrug."

„Du bist immer weiter zurückgefallen, hast aber nicht aufgegeben. Und auf einmal kippte die Stimmung im Stadion. Die Leute verstanden, was du durchmachst, sie begannen dir zuzujubeln. Ich war ungeheuer stolz auf dich."

„Aber du hast nichts gesagt."

„Du hättest mir nicht geglaubt. Ich war nie weg, ich wusste nur nicht mehr, wie ich dich erreichen kann."

„Ist gut, Mutter. - Wir müssen Jak durchbringen, er ist in schlechter Verfassung. Glaubst du, er hat bereits aufgegeben?"

„Es würde mich nicht wundern. Der Alkohol hat ihn kaputt gemacht. Er hat nicht wegen mir zu trinken begonnen, auch wenn er manchmal so tut. Ich konnte nicht bei euch bleiben, Cora. Die Streitereien hätten uns alle umgebracht."

****

Während Cora Stunden auf dem Berg ausharrt, in der Hoffnung Greta oder Gudrun zu erreichen, verbringt Marja die Zeit an der Seite ihres Mannes.

Am vierten Tag nach dem Unfall helfen ihr zwei junge Frauen, Jaks Bett unter einen Affenbrotbaum zu tragen, von wo er den Hügel sehen kann, auf dem Cora wartet. Jak mag den Platz, bis die Vögel kommen.

„Sie müssen es riechen. Nicht verwunderlich bei dem Gestank. Wie haltet ihr das überhaupt aus. Glaubst du, die Sangoma weiß, was sie tut?", fragt er Marja.

„Du solltest nicht darüber nachdenken. Sie ist alles, was wir haben. Aber bestimmt kommt der Hubschrauber bald."

„Was redest du da?"

„Cora hat Gudrun erreicht, schon vor zwei Tagen. Ich habe es dir gesagt, aber du musst es vergessen haben. Vielleicht war es auch das Morphium. Gudrun tut alles, um uns hier heraus zu holen", sagt Marja.

„Sie sind schon eine Weile da", sagt Jak, als hätte er nicht zugehört. „Gleich, nachdem sie mich hierher gestellt haben, sah ich sie. Zuerst nur ein paar, jetzt werden es immer mehr. Ich habe sie beobachtet, wie sie ihre Flügel spreizen, wenn sie abheben, aber meist sitzen sie nur da und warten."

„Hast du gehört, was ich gesagt habe? Gib nichts auf die Vögel, sie sind immer hier", sagt sie.

„Ich rede doch nur. Es ist weniger schlimm, wenn ich rede. Aber ich will dich nicht damit belästigen. Das Gute ist, dass es jetzt nicht mehr schmerzt. Daran merkt man, dass es anfängt, habe ich irgendwo gelesen."

„Was anfängt?"

„Der Wundbrand."

„Dein Gerede macht mich wahnsinnig."

„Warum?"

„Weil ich nichts tun kann."

„Du könntest das Bein absägen, das würde es vielleicht aufhalten. Vermutlich nicht, aber es wäre ein Hoffnungsschimmer."

„Bitte rede nicht so. Kann ich dir etwas bringen?"

„Einen Whiskey von der Bar."

„Es gibt keine Bar, und es gibt keinen Whiskey. Und du sollst überhaupt nicht trinken, es macht alles nur noch schlimmer."

„Noch schlimmer? Die Vögel…. Ich habe von einem Bild geträumt, da ist einer von ihnen drauf, neben einem kleinen Kind, das Maiskerne aus dem Boden klaubt. Der Fotograf bekam den Pulitzerpreis dafür. Das hat ihn verrückt gemacht, weil der Preis das Bild so überhöhte. Das hat er gesagt, kurz bevor er sich erschoss. Anscheinend soff er noch mehr als ich, und vermutlich machte er sich Vorwürfe, dass er dem Kind nicht geholfen und stattdessen fotografiert hatte. - Ich habe diese Fotografen immer bewundert, weil ich sie nicht verstand. Wer geht schon freiwillig in einen Krieg um Bilder zu machen. Manchmal dachte ich, sie müssten ein voyeuristisches Verhältnis zum Tod haben. Jetzt weiß ich, wie falsch ich lag. Jeder, dem der Tod im Nacken sitzt, begreift, was er am Leben hat. Carter hieß der Fotograf, glaube ich. In einem hellen Moment hat er sich erschossen, aber das sagte ich schon. Alles stand in seinem Abschiedsbrief. Wahrscheinlich hatte er nur schlechte Nerven, und der Alkohol hat es, wie bei mir, auch nicht besser gemacht. Soll ich dir das Bild beschreiben?"

„Warum erzählst du mir das?"

„Wegen der Vögel."

„Dann beschreib es mir, wenn es dir hilft. Es vergeht die Zeit, und du kommst auf andere Gedanken."

Jak nickt, als sähe er die Szene direkt vor sich. „Sie haben Maissäcke geliefert, in ein Flüchtlingscamp im Sudan. Einer davon ist aufgerissen, der Inhalt liegt auf dem Boden verstreut. Ein kleines Mädchen sitzt allein im Staub und sucht mit ihren winzigen Fingern nach den Körnern. Sie ist halb verhungert, aber das allein hätte wohl nicht gereicht für einen Pulitzer. Doch hinter dem Mädchen, leicht unscharf, sitzt einer dieser riesenhaften, widerlichen Vögel, den nackten Kopf lauernd ins Gefieder versenkt. Er wartet, wartet, wie die hier warten. Vielleicht solltest du ein paar Körner verschütten, damit es schneller geht."

„Wie kannst du nur so etwas sagen?"

„Was soll ich denn sonst sagen?"

„Du willst nur, dass wir uns wieder streiten."

„Nein, ich will nur in Ruhe sterben. Und Cora würde ich gerne noch einmal sehen, ohne dass der Gestank um uns ist." Darüber hätte ich schreiben können, denkt er: Den Krieg, den Kummer und die Verzweiflung hilfloser Menschen. Über die Trauer der Flüchtlinge, die Gesänge, ihre Zelte, ihre Würde, trotz allem. Dadab, ich hätte dortbleiben sollen, länger als es Gudrun ertrug. Aber ich flog mit ihr zurück. Zurück in ein klimatisiertes Büro, hinter einen blau schimmernden Bildschirm, über den endlose Zahlenreihen flimmerten. Ich habe mich nicht getraut auszusteigen. Die Angst, ohne Geld dazustehen, war zu stark.

„Sag so etwas nicht. Warum schläfst du nicht ein bisschen", sagt Marja, während er noch seinen Gedanken nachhängt.

„Ich habe keine Zeit zu schlafen, ich sterbe bald. Wo ist Cora?"

„Sie ist auf dem Hügel, wartet auf Gudruns Anruf. Seit Cora das Telefon aufladen kann, lässt sie es an, in der Hoffnung, dass uns die Flugrettung orten kann."

„Sie kommen sowieso nicht durch. Ich habe euch reden gehört, über die Flut. Dass ihr einen Mann losgeschickt habt, um Hilfe zu holen. Ihr habt geglaubt, ich würde schlafen, aber ich schlafe schon lange nicht mehr, ich sterbe."

„Du stirbst nicht, wenn du dich nicht aufgibst. Sie werden einen Hubschrauber schicken, sagt Gudrun. Sie werden dich ins Krankenhaus bringen und dein Bein operieren. Und danach geht es dir besser als je zuvor.“

„Ihr habt Gudrun doch nur erfunden, um mich bei Laune zu halten“, sagt er gelangweilt, als hätte er ihre Lügengeschichten satt. „Bringt Gudrun den Hubschrauber aus Deutschland mit, schön verpackt in seine Einzelteile?“ Er lacht sarkastisch. „Und du glaubst das auch noch! Manchmal kommst du mir entsetzlich dumm vor, wenn du solche Sachen sagst. Einfach nur plappern, damit die Zeit vergeht.“

Marja will aufstehen und weggehen. „Ich suche die Sangoma, sie soll dir etwas geben, das dich beruhigt“, sagt sie.

„Ich brauche keine Beruhigung“, sagt er, dreht den Kopf weg von ihr und blickt auf die Ebene hinter dem Dorf, wo der Busch beginnt. Es ist alles vorbei, denkt er. Warum kann ich nicht wenigstens jetzt normal mit ihr reden. Sie will mir nicht mehr wehtun, nicht mehr wie früher, als wir schreiend aufeinander losgingen. Sie will nur, dass wir lebend hier rauskommen. Aber mit mir wird das nichts mehr. Sie weiß es, und ich weiß es auch. Sie sollten mir etwas geben, das es beschleunigt, nicht hinauszögert. Dann wäre es vorbei. Gudrun weiß, was passiert ist, hat Marja gesagt. Ich wollte ihr immer sagen, wie viel sie mir bedeutet, aber ich habe es nicht getan, und jetzt wird sie es nie erfahren.

Seit der Brand im Bein begonnen hat, ist er ohne Schmerzen, und mit den Schmerzen ist auch das Grauen vergangen. Er fühlt nur noch eine große Müdigkeit, und Zorn, dass dies das Ende ist. Schon beim ersten Abendessen in Melville mit Götz habe ich gespürt, dass er Unglück bringt, denkt er. Jetzt ist er tot und ich kurz davor. Was noch kommt, macht mich nicht neugierig. Jahrelang war ich besessen vom Tod, und auf einmal nichts mehr. Alles, was ich noch tun wollte, ist wertlos. Ich wollte warten, bis ich genügend wusste, um wirklich gut schreiben zu können. Aber jetzt kann ich wenigstens nicht mehr dabei versagen. „Als ich anfing ernsthaft zu schreiben, konnte ich mir nicht vorstellen, wie schwer es sein würde", sagt er.

„Aber es macht dir doch Spaß, oder etwa nicht", sagt Marja, die sich wieder neben ihn gesetzt hat.

„Spaß? Kempowski hat dreizehn Jahre gebraucht, bis er sich für einen Schriftsteller hielt. Michael Crichton habe ich auf einer Buchlesung gehört, als er in München *Timeline* vorstellte. Er stand auf dem Podium in einem perfekt sitzenden, nachtblauen Anzug, dazu eine wunderbar abgestimmte Krawatte. Er kam mir unzerstörbar vor, das Abbild eines erfolgreichen Schriftstellers. Vor einem Jahr las ich, dass er an Krebs gestorben ist."

„Warum erzählst du mir das?"

„Weil auch mein Schreiben zu Ende ist." Vielleicht kann man über die Sachen, die ich aufgespart habe, gar nicht schreiben, denkt er. Die Momente im Bett mit Gudrun, in denen wir abhoben, als wäre es eine religiöse Erfahrung. Dabei gab es viele Frauen, aber mit keiner war es wie mit ihr.

Er denkt an sein Alleinsein in Paris, als er es nicht mehr ertragen konnte, sie zu lieben. Als er sich gefangen fühlte und nicht mehr schreiben konnte, weil sie alles in ihm besetzt hielt. Und wie er es dann doch wieder versuchte, nur um die am Vortag geschriebenen Seiten am nächsten Tag in den Papierkorb zu werfen. Wie sie sich zankten, und er versuchte, seine Einsamkeit abzutöten, indem er herumhurte, was alles nur noch schlimmer machte. Und wie er sie dann doch anrief, um ihr zu sagen, dass er die Erinnerung an sie nicht ausradieren könne, so sehr er es auch versuchte. Wie ihm, als er glaubte, sie vor dem Grillon zu sehen, inwendig ganz schwach und übel war. Dass er der Frau, die ihr ähnelte, den Boulevard entlang folgte, voller Angst, das Gefühl, das sie ihm gab, zu verlieren. Wie ihn jede, mit der er geschlafen hatte, sie nur noch mehr vermissen ließ. Alles wollte er ihr sagen, aber dann sprachen sie nur über das Wetter, und er spürte, dass sie etwas sagen wollte, und er etwas sagen wollte, was er nicht konnte. Und als sie auflegte, zerriss es ihm das Herz.

Ich bin ruhiger geworden, die Zeit half, denkt er. Und ich wollte einen Neuanfang mit Marja, doch ich wusste sofort, dass wir den Schuttberg an Vorwürfen und Beleidigungen nicht mehr wegräumen konnten. Und als sie den Brief Gudruns brachte, zusammen mit der anderen Post, und ich versuchte, ihn verschwinden zu lassen, machte es sie nur noch neugieriger. Und als sie fragte: „Von wem ist denn der Brief, Lieber?", war es vorbei.

„Wir hätten uns nie auf diesen waghalsigen Trip einlassen dürfen", sagt Marja. „Ich habe es nur euch zuliebe getan. Und ich wollte Cora wiederhaben."

„Wieder so ein sinnloses Geplapper, als schwebe Coras Geist in dieser Region herum, und du bräuchtest ihn nur zu packen, und schon hättest du deine Tochter zurück."

„Was hätte ich denn tun sollen?"

„Zu Hause bleiben, in Berlin, bei deinen schwätzenden Freundinnen, in deiner Kanzlei, egal was, nur nicht hierherkommen. Du passt in diese Welt wie ein Pelzmantel auf eine Obdachlose."

„Und du passt?", fragt sie spöttisch.

„Ja, ich wollte es mir nur nie eingestehen, weil ich Angst hatte." Damals, als ich Anfang fünfzig war, nach dem Besuch von Dadab, da hätte ich es gekonnt, denkt er. Aber ich war nicht stark genug. Für ein paar Monate hatte ich die Chance die Unabgeschlossenheit, das Experiment zu wagen. Damals, wenn ich ‚ich' sagte, merkte ich im gleichen Moment, wie ich schon wieder ein anderer wurde. Damals stimmte das Gesagte nie ganz mit dem Gefühlten, Gedachten, Erlebten überein. Damals dachte ich, ich könnte schreiben.

66

„Warum sagst du so einen Unsinn, Pelzmantel, Obdachlose, es hat keinen Sinn. Du willst mich nur verletzen, als müsstest du alles, was uns je verband, in den Dreck treten."

„Ich will dich nicht verletzen. Ich frage mich nur, was ich eigentlich gemacht habe. Es kommt mir vor, als hätte ich ein Leben im Schatten verbracht. Als Analyst im Schatten der Krise. Als Schriftsteller im Schatten all derer, die ich bewundere, aber nie erreichen kann. Als Mann immer im Schatten irgendeiner Frau. Am schlimmsten war die Zeit, als ich Geld scheffelte. Da wurde ich zum Sklaven des Computers. Man macht ja nichts anderes, als auf endlose Zahlenkolonnen schauen, wie sie über den Bildschirm flimmern. Derweil haben andere Männer Dinge gebaut, Flugzeuge, Kinderspielzeug, Dinge zum Anfassen."

„Frauen auch."

„Ja, auch Frauen", gibt er zu, und fährt nahtlos fort. „Aber wenn du Geld anfasst, Scheine zählst, taugst du nur zum Kassierer. Geld scheffeln gelingt nur denen, die sich im abstrakten Raum bewegen. Die in Sekundenbruchteilen Milliardenbeträge verschieben, und von den winzigen Kursdifferenzen profitieren. Das hielt ich nicht aus auf Dauer."

„Ist das eine Abrechnung?", fragt sie ungehalten. „In meinem Schatten warst du nie. Du hast mich eher erdrückt."

„Aus Verzweiflung, nur aus Verzweiflung. Jetzt bin ich müde, das Reden hat mich angestrengt." Er denkt an die Reise nach Italien, als er mit ihr über eine Blumenwiese ritt.

Auf einem Feldweg standen plötzlich zwei Schlangen in einem Paarungstanz verschränkt vor ihnen. Ihr Pferd scheute und die Schlangen verkrochen sich im Gestrüpp. Das Blau des Himmels öffnete einen weiten Raum. Er versuchte dieses Blau einzuatmen, wollte es umarmen und an die Brust drücken. In dieser Nacht hatten sie miteinander geschlafen, intensiver als je zuvor. Und er glaubte, sie hätte ihm Coras Unfall verziehen. Aber am nächsten Morgen war die Kälte zurück. „Ich bin gekommen, weil ich dich um die Scheidung bitten wollte. Die paar Jahre, die ich noch zu haben glaubte, wollte ich mit Gudrun verbringen. Ich wollte unsere Streitereien beenden und Frieden mit Cora schließen. Und jetzt bleibt mir kaum noch Zeit für ein paar Worte", sagt er bitter. „Warum musste sie ausgerechnet in dieses Dorf ziehen?"

„Hast du Angst, Jak?"

„Angst hätten nur die Schwachen, dachte ich. Ich hielt mich nie für schwach. Aber jetzt weiß ich, was Angst ist. Der Bruch, die Schmerzen, der Brand, alles nichts. Am Ende werde ich an meiner Angst vor dem Tod sterben."

„Ich will nicht darüber reden", sagt sie. „Manchmal kommst du mir wie eine männliche Kassandra vor. Wenn du so vor dich hin jammerst, als wäre alles verloren."

„Weil ich die Dinge beim Namen nenne?", fragt er.

„Weil du ihnen erst einen Namen gibst, und immer hat dein Gerede mit Unheil zu tun, auch dann, wenn du es mit Sarkasmus verkleidest", sagt sie und wechselt das Thema, um ihn auf andere Gedanken zu bringen: „Du hast nie richtig über den Großvater gesprochen. Weder über ihn noch über deinen Vater. Immer nur Andeutungen, als wäre es ein großes Geheimnis."

Kassandra, Unheil, was nützt es, wenn ich jetzt noch über den Vater rede, denkt er. Der Kerl, der da unten auf der Bettkante sitzt, lässt mich nicht mehr los. Kein Kerl, denkt er, soweit ist es noch nicht, eher eine übelriechende Leere. „Hast du sie auch gehört heute Nacht", fragt er.

„Was?"

„Die Hyäne. Sie muss ganz nah gewesen sein."

„Nein, ich habe fest geschlafen. Das erste Mal seit Tagen. Vielleicht wegen der Hoffnung, dass wir das hier überleben."

„Wo haben wir in New York gewohnt, als wir zum ersten Mal dort waren? Du wolltest unbedingt japanisch essen, das gab es damals nicht in München, oder nur sündhaft teuer."

„Du hast dich fast übergeben von dem rohen Fisch", lacht sie. „In einem billigen Hotel haben wir gewohnt, eine Absteige, mehr konnten wir uns nicht leisten. Das Klo war auf dem Gang und der Fernsehempfang miserabel. Du hast versucht die Antenne auszurichten, aber die Hochhäuser schirmten alles ab. Damals haben wir uns geliebt."

„Damals", sagt er brutal. „Aber du hattest dich bereits für deinen Job entschieden." Sie hat die Hyäne nicht gehört, denkt er. Er kann jede Gestalt annehmen, wenn er kommt. Aber die Geier sind real, sie warten, als hätten sie sich abgesprochen, dass es bald passieren wird. „Wo ist Cora? Ich will sie sehen.“

„Sie ist auf dem Hügel, vor Sonnenuntergang wird sie nicht zurück sein, außer sie hat Gudrun erreicht. Cora macht sich große Sorgen um dich. Und sie macht sich Vorwürfe, dass sie uns in diese Situation gebracht hat. Dabei war es unsere Entscheidung.“

„Wie hat sie Götz' Tod verkraftet?“

„Sie spricht nicht darüber. Ich finde, sie ist sehr stark. Sie hat keine Sekunde aufgegeben. Ohne sie wären wir längst verdurstet.“

„Glaubst du, sie hat ihn geliebt?“

„Sie hat mit mir nie über ihre Gefühle gesprochen. Mit dir eher.“

„Ja, aber das ist lange her. - Vielleicht kann ich etwas schlafen.“

„Sollen wir dich in die Hütte tragen?“

„Nein, der Himmel gibt mir die Illusion von Freiheit.“

Marja will gehen, doch nach ein paar Schritten kommt sie zurück, als hätte sie etwas vergessen: „Es war nicht alles schlecht. Wir mochten New York, und du hast gerne die Menschen betrachtet, als könntest du ihr Innerstes lesen. Sie tragen ihre Geschichten in den Augen, hast du gesagt.“

„Damals hätte ich anfangen sollen zu schreiben.“

„Jammer nicht, denk an etwas Positives", sagt sie gereizt.

„Warum sollte ich, es macht Spaß in einen Abgrund zu sehen. Und der Tod kommt so oder so, egal in welcher Verkleidung. Etwas Gutes hat der Tod, er befreit dich von all den partnertauschenden, trunksüchtigen Bankrotteuren, die in ihren weißen Häusern die perfekten Ehepaare mimen. Verflucht sei ihre Scheinheiligkeit, ihre Heuchelei, ihre Kreditkarten und Jachten auf Pump. Verflucht ihre Geringschätzung jener, die sich aufgemacht haben, in ihrer eigenen Geisteswildnis umzukommen."

„Meinst du dich?" Marja sieht ihn an, kalt und abschätzig. Sie spürt ein Frösteln, als sie merkt, wie sehr sie sein Jammern abstößt. „Du warst einer von ihnen, und deine Geisteswildnis ist nichts anderes als das Fieber eines erfolglosen Schriftstellers."

„Du hast es verstanden", sagt er sarkastisch.

„Was?", brüllt sie, für einen Moment vergessend, dass er im Sterben liegt.

„Alles. Bitte lass mich jetzt allein, aber sag Cora, sobald sie zurückkommt, dass ich sie sehen will."

Jak dreht sich zur Seite. Er ist nicht verärgert, nur müde. Er sieht Gudrun vor sich, wie sie im Eingang der Berghütte steht und zusieht, wie er den Hang hochkommt. Es ist Juni, und die Almen sind voller Blumen, Butterblumen in einem Bach, der unter der Hütte vorbeifließt. Vergissmeinnicht und Enziane. Sie stand nur da und wartete auf ihn. Er war noch heiß vom Aufstieg, ein wenig müde, aber glücklich sie zu sehen. Er wollte ihr sagen, wie er die Vorstellung nicht ertragen konnte, von ihr getrennt zu sein. Wie er sie anrufen musste und fast geplatzt wäre vor Freude, als sie zusagte, ihn zu treffen.

Als er sich umdreht, sieht er, dass Marja gegangen ist. Doch er spürt auch, dass er nicht allein ist. Dass der Andere am Ende des Bettes sitzt und wartet. Dass er keinen Platz braucht, sondern nur da sein will, um ihn zu beobachten.

****

Als Cora zurück ins Dorf kommt fragt sie Marja zuerst wie es Jak geht.

„Die Medizin der Sangoma scheint nicht mehr zu wirken", meint Marja. „Er beginnt zu halluzinieren und erzählt verwunderliche Geschichten. Wenigstens hat er keine Schmerzen mehr. Er denkt, es ist das Endstadium des Wundbrands. Kann sein, dass er Recht hat. Die Krankheit, habe ich gelesen, verläuft so: Zuerst die fürchterlichen Schmerzen, dann, wenn es schon zu spät ist, nur noch eine bleierne Müdigkeit."

„Du denkst, er stirbt?"

„Wir können nichts dagegen tun."

Abrupt wendet sich Cora ab und geht zu Jak. Sie will nicht, dass Marja ihre Tränen sieht. Schweigend steht sie an seinem Bett und weint. Als sie wieder gehen will, schlägt er die Augen auf.

„Ich habe gespürt, dass du da bist", sagt er, und nimmt ihre Hand. „Du brauchst nicht zu weinen, ich hatte ein gutes Leben."

Sie setzt sich an die Bettkante und sieht, wie stark er abgebaut hat. „Ich hatte mir so gewünscht, dass die Reise uns alle wieder zusammenbringt. Nicht, dass sie in einem schmutzigen Dorf endet. Meins ist sauber, ich wollte, dass ihr es seht, die Menschen kennenlernt, mit denen ich dort lebe. Und ich hatte gehofft, dass ihr Götz akzeptiert. Ich habe dich lieb, Papa, und ich weiß, dass du mich auch liebhast. Auch wenn du nie einverstanden warst mit dem, was ich tue."

„Sag das nicht, nicht jetzt. Kurz vor dem Abflug aus München wollte ich die Reise noch absagen. Eine Woche Afrika, dachte ich, kann auch nichts mehr daran ändern, dass unsere Leben eine andere Richtung genommen haben."

„Warum hast du es nicht getan?"

„Du warst stärker, ich wollte dich sehen. All die Jahre hätten wir mehr miteinander reden müssen. Vielleicht hätte ich dich dann besser verstanden."

„Das hat Mama auch gesagt. Wenn du wieder gesund bist, holen wir alles nach. Du weißt, dass ich gehen musste, nach allem, was du mir als kleines Mädchen über Afrika erzählt hast. Von den Taten des Großvaters in Südwest, wie er reich wurde, und wie dein Vater alles verspielt hat. Ich musste selbst herausfinden, was wahr daran ist, und was zum Familienmythos geworden war. Afrika war in meinem Kopf zum verworrenen Kontinent geworden. Ich dachte, die Einsamkeit eines afrikanischen Dorfs würde mir helfen zu verstehen, auch mich selbst. Gefunden habe ich nichts, außer, dass du immer du selbst bleibst. Allein mit deinen Träumen, deinem Verlangen nach Bewunderung, der Sehnsucht nach der glänzenden Reflexion in den Augen derer, die du liebst. Schau mich an Papa, sieh mein Rad, meinen Purzelbaum, ich bin deine Tochter, wie oft habe ich versucht, dich für mich zu begeistern. - Wenn der Hubschrauber kommt, werden wir lange reden", sagt sie, und versucht, die Tränen zurückzuhalten.

„Es ist gut Cora, quäl dich nicht, nicht wegen mir. Ich bin alt, und das Leben ist sowieso nichts anderes als ein Geschwätz und ein Gelächter. Ist nicht von mir, hat ein bekannter Schriftsteller gesagt." Jak lacht kurz auf. „Oskar Maria Graf, glaube ich. Er hat recht, und wenn das Gelächter zu laut, zu unerträglich wird, ist es Zeit zu gehen. - Ich weiß, wie stark du bist, Cora. Du hättest deinem Urgroßvater Freude bereitet. Genau wie mir. Ich glaube, du und Götz… Ihr beide wärt ein gutes Paar geworden. - Marja hat gesagt, dass du Gudrun erreicht hast. Sie weiß also, wie es um mich steht?"

„Ja, und sie wissen, wo wir sind. Gudrun und ein Experte der deutschen Flugrettung sind bereits in Lusaka. Jetzt musst du nur noch durchhalten."

„Gudrun ist stark, meist schafft sie, was sie sich vornimmt. Sie hat den Pilotenschein und kommt bestimmt, aber vielleicht kommt sie zu spät."

„Sie wird kommen, bestimmt. Sie wird uns hier rausholen, und du wirst wieder gesund werden. Gudrun ist eine gute Person", sagt Cora.

„Gut? Nein, gut ist sie nicht", sagt Jak lächelnd. Er dreht sich zur Seite, um das gesunde Bein zu strecken. „Es stinkt, sie wird zu spät kommen."

„Sag das bitte nicht, Papa."

„Geh jetzt, ich will noch etwas nachdenken." Er spürt, dass er wieder da ist, etwas näher diesmal, so nahe, dass er seinen stinkenden Atem riechen kann. Er versucht, ihn wegzuscheuchen, aber er kriecht nur näher, kriecht auf seine Brust und sitzt da, so schwer, dass er kaum noch atmen kann. Er hört Cora, wie sie mit den Männern spricht: „Er ist eingeschlafen. Bitte helft mir das Bett ins Haus zu tragen. Vorsichtig, dass er nicht aufwacht."

Er kann ihr nicht sagen, dass er sich ausgebreitet hat auf seiner Brust, schwer, und ihm den Atem nimmt. Und dann, als sie das Bett anheben, ist es plötzlich leicht. Das Gewicht auf seiner Brust ist weg, und er scheint zu schweben.

****

Am Morgen hört er das Flugzeug. Es taucht auf über den Baumspitzen, winzig, glänzend, die Flammen der Seiten-bemalung wie echt. Es macht einen weiten Bogen um das Dorf, und die Leute rennen aus den Häusern, werfen ihre Hände in die Luft, als befürchteten sie, dass es abdrehen könnte, ohne zu landen. Und der Flieger kommt zurück, dreht bei und setzt zur Landung an. Auf dem Feld neben dem Dorf, von dem sie die Steine entfernt haben, landet er. Er rollt aus, und aus dem Cockpit steigt Gudrun, strahlend, das Haar zerzaust vom Fahrtwind, und kommt auf ihn zu.

„Was machst du für Sachen, mein Alter?", fragt sie, und streicht ihm über die Stirn.

„Gebrochenes Bein", sagt er. „Willst du mit uns frühstücken, bevor wir losfliegen?"

„Danke, nur eine Tasse Tee. - Es ist die kleine Cessna, sie hat nur Platz für uns beide. Ich werde Marja und Cora später holen. In Livingstone ist alles vorbereitet, sie warten bereits auf dich. Vielleicht ist es doch besser, wir machen uns gleich auf den Weg."

„Und der Tee?"

„Der kann warten", sagt sie.

Die Männer heben das Bett auf, tragen es vorbei am Haus der Sangoma, vorbei an dem Affenbrotbaum, unter dem er gern gelegen hat, durch eine kleine Mulde, bis auf das Feld, wo die Maschine wartet. Das Gras ist verdorrt, und der Wind treibt kleine Sandwolken vor sich her. Sie tun sich schwer, ihn ins Flugzeug zu hieven. Gudrun hat die Rücksitze ausbauen lassen und den Platz des Kopiloten für eine Trage freigemacht, die sich aufstellen lässt, so dass er den Himmel sehen kann. Das kaputte Bein streckt er seitlich in die Kabine, damit es Gudrun nicht im Weg ist. Er winkt Marja und Cora, und als der Motor langsam aufheult, dreht

Gudrun den Flieger in den Wind, schiebt das Gas nach vorne, rumpelt über die letzten Wellen und hebt ab. Er sieht sie unten, Marja, Cora, das halbe Dorf, winkend. Und dann wird das Dorf kleiner, und die Ebene breitet sich aus, Elefantenpfade, Bauminseln, das Wasser des Okavango. Nilpferde wie Kaulquappen in flachen Tümpeln. Elefanten, einzeln im Busch, mit Giraffen, deren lange Hälse nur am Schatten der tief stehenden Sonne zu erkennen sind.

Neben ihm Gudrun, in ihrer Fliegerjacke, eine Kappe auf dem Kopf, aus der ihre widerspenstigen Haare herausragen, das Mikrofon vor dem Mund. Sie fliegt konzentriert, und dann sieht er den Fluss. Gudrun fliegt nach Osten, und er sieht die Wolke, allein in einer wolkenlosen Umgebung. Und Gudrun dreht sich zu ihm, lacht, und weist auf den Turm aus Wasserdampf, auf die Fälle. Und da versteht er, dass er dort hingehört.

****

In dieser Nacht ist die Hyäne wiedergekommen. Ihr Lachen, nur angedeutet, als wolle sie niemand wecken, ist in ein seltsames, fast menschliches Weinen übergegangen, das in Coras Unterbewusstsein dringt, ohne sie aufzuwecken. Im Traum sieht sie Götz. Nicht den Götz, den sie begraben hat, den anderen, den unbeschwerten Flieger, der mit kleinen Schreien der Lust die Cessna nach unten drückt und über den Baumwipfeln abfängt.

Als sie erwacht, hört sie die Hyäne ganz deutlich. Für einen Moment weiß sie nicht, wo sie ist. Sie steht auf. Ein fahler

77

Mond scheint über dem Dorf. Sie geht ins Haus der Sangoma, sieht Jaks Kontur unter der Decke, die halb heruntergefallen ist. Sein Bein ragt heraus.

„Mama", ruft sie. „Mama, Mama!", dann sagt sie, „Papa, Jak!", dann lauter, „Papa, bitte."

Sie erhält keine Antwort. Er atmet nicht. Als sie sich umdreht, steht die Sangoma vor ihr. „Er hat nicht mehr gekämpft", sagt sie.

Rastlos

Im Sommer 1978, steht Mark Seger am Schalter der Trans World Airline, um in die USA zu fliegen. Er freut sich auf den Flug. Doch er wundert sich über die Stewardess, die hektisch in seinem Pass blättert.

„Ich kann Ihr Visum nicht finden", sagt sie entschuldigend.

„Warum Visum? Ich brauche kein Visum, ich war vor Jahren schon in den USA, auch ohne Visum."

„Das hat sich geändert. Ohne Visum darf ich Sie nicht mitnehmen. Aber Sie könnten versuchen schnell eins zu holen. Sie sind nicht der Einzige, es passiert immer wieder", ermuntert sie Seger.

„Und wie soll das gehen?", fragt Seger, der sich fühlt, als würde ihm der Boden unter den Füßen entzogen.

„Das amerikanische Konsulat hat noch zwei Stunden geöffnet. Mit dem Taxi schaffen Sie es leicht. Ich avisiere Sie und buche Ihnen denselben Flug für morgen. Ist Ihnen das recht?"

„Natürlich, ich muss fliegen, es geht um viel."

Er erhält ein Touristenvisum, verbringt die Nacht im Flughafen Hotel und steht am nächsten Morgen erneut am Check-In. Doch das Gefühl versagt zu haben, nagt an ihm. Seiler wird mich für einen Idioten halten, denkt er, als er im Key Bridge Hilton, in Washington DC, eine Nachricht für Seiler hinterlässt, dass er erst einen Tag später kommen könne. Kein Mensch glaubt mir mehr eine Geschichte über meine Zeit in Afrika oder Indien, wenn sie erfahren, wie dämlich ich mich angestellt habe. Verdammter Mist, ich hab's verbockt.

****

Gegen Mittag landet die Maschine in Washington National. Am Desk des Hilton findet er eine Nachricht Seilers, der ihn am Abend zum Essen treffen will. Seger duscht und nimmt sofort ein Taxi zur Mall. Ich muss mich ranhalten, denkt er, denn wenn Seiler mich für einen Idioten hält, der nicht einmal ein Visum auf die Reihe kriegt, war es womöglich mein letzter USA-Besuch.

In Segers Augen ist Amerika das Zentrum der Macht, das Maß aller Dinge. Fasziniert betrachtet er die riesigen Blöcke der amerikanischen Verwaltung entlang der Constitution Avenue, die keinen Zweifel über den imperialen Anspruch des Landes lassen.

Wer bin ich, denkt er, als er vor dem grübelnden, in Stein gehauenen Lincoln, am Ende der Mall steht. Ich sehne mich nach einem freien Blick aufs Meer, auf ein weites, offenes Land, und doch zieht mich die Macht an, wie ein unwiderstehlicher Magnet. Was verspreche ich mir von dem was ich tue, außer einem Gehalt? Was macht mich zu einem Leistungsknecht? Ist es der trügerische Glaube besser zu sein, als all die anderen um mich herum? Ich brauche keine Häuser, Autos, ein Super-Examen mit Führungsposition, vor allem keinen Leistungsstress. Es ist die Angst zu versagen, die mich antreibt. Ein erniedrigendes Gefühl. Seger wundert sich, wo ihn seine Gedanken hingetragen haben. Vielleicht ist es die Aura Lincolns, die zwischen diesen Säulen schwebt, denkt er.

Im Hilton wartet Seiler bereits auf ihn. Er hört sich die Geschichte mit dem Visum an, und meint, er hätte ihn anders eingeschätzt. Seine amerikanische Frau, die Aufenthalte in Indien und Afrika, wie konnte es ihm passieren. Was ihn jedoch beeindrucke, sei, wie er es trotzdem geschafft hatte, doch noch zu kommen. „Wir tun einfach so, als wäre nichts passiert. Jetzt müssen Sie eben mit vollem Jetlag durch die Mühle."

Zum Essen hat Seiler das Coc au vin in der Wisconsin Avenue gewählt, in dem vor allem Geschäftsleute und Politiker verkehren. Er will mich beeindrucken, denkt Seger. Braucht er nicht, es reicht vollkommen, wenn ich mir die Leute hier ansehe. Politiker, Anwälte, Berater, all das, was ich nie sein wollte. Da bin ich jahrelang auf der Suche nach Freiheit, kämpfe, um ein Stück davon zu erhaschen, und jetzt bin ich auf dem Weg einer von ihnen zu werden.

Kurz blitzt seine Zeit in Afrika auf, die Monate in Indien, einem Land mit überwältigender Armut. Ich werde mich einreihen in langweilige Massenveranstaltungen, in Großraumbüros mit endlosen Schreibtischreihen, schreiendem Kunstlicht, Unterwürfigkeitsgesten und Kantinenfraß, denkt er. Am Beginn des Studiums konnte ich all das noch abschütteln. Jetzt siegt die Gewohnheit, der verlässliche Scheck, die Einbildung etwas zu sein. Routine gewinnt die Oberhand, gepaart mit der Angst alles zu verlieren. Was wäre die Alternative? Eine prekäre Existenz, zurück auf null, allein, ohne Familie, weil sie meine leeren Worte nicht mehr ertrügen?

Endloses Gerede schwappt um ihn herum, während er versucht das Gespräch mit Seiler in Gang zu halten. Small Talk nennen es die Engländer, reden, ohne etwas zu sagen, denkt er.

****

Zwei Jahre später wird er vom Konzern mitsamt der Familie nach Washington DC transferiert. Er gilt als eines der jungen Talente, die dabei sind ins Topmanagement hineinzuwachsen. Tagsüber telefoniert er mit Gott und der Welt, vor allem mit Leuten des amerikanischen Militär-Industriellen Komplexes, und abends besucht er im Rahmen eines Studien-Programms für Quereinsteiger die Georgetown Universität. Er will die Sprache besser beherrschen, und verstehen, wie das Land tickt.

Manchmal, denkt er, befände er sich in einem Film. Ein Flüchtlingsjunge, den es in die große Welt verschlagen hat. Er liebt die Direktheit der Amerikaner, ihren Mut, ihren Unternehmungsgeist, aber er vergisst nie, dass er nicht dazu gehört. Wirklich wohl fühlt er sich nur im Rizzoli, einem Buchladen unten am Potomac. Da verbringt er die Mittagszeit, stöbert in Büchern und hört Ornellas sehnsüchtige Lieder. Mit der Zeit, als die Erinnerung an den

Vietnamkrieg verblasst, kann er sich ein Leben in den USA durchaus vorstellen.

Eines Tages wartet Alan Goodman, der stellvertretende Rektor der Georgetown Universität auf ihn. Schmal und asketisch steht er auf dem ersten Treppenabsatz. Der graue, leichte Anzug hängt schlechtsitzend um seine schmalen Schultern. Er strahlt, als wären sie die besten Freunde.

Er muss auch noch etwas anderes tun als nur Papiere verfassen, denkt Seger, als er den festen Händedruck der feingliedrigen Hand Goodmans spürt.

„Wie geht es, Mark? Haben Sie sich gut eingewöhnt bei uns?", fragt Goodman.

„Bei unserem ersten Interview meinten Sie, ich würde viel dazulernen, nicht nur die Sprache, sondern auch wie der ganze Regierungsapparat funktioniert. Es stimmt, ich genieße die Abwechslung."

„Das freut mich. Malmgren hat mir erzählt, dass Sie sich in seinem Kurs sehr für die Europäische Integration interessieren. Ihr Essay zum Thema gefällt ihm, und mir auch. Interessante Gedanken, die Sie da äußern. Ich würde sie gerne vertiefen, was halten Sie von einem entspannten Abendessen bei uns im Klub. Da könnten wir ausführlicher darüber reden."

Wow, denkt Seger, so gut war das Essay auch wieder nicht. „Gerne, wann wäre es Ihnen recht?"

„Am besten gleich morgen, im Army Navy Club. Sie kennen ihn?"

„Ja, wir haben einen ehemaligen Armee General als Berater, der nimmt mich gelegentlich dorthin mit."

„Na dann."

Am Pförtnerhäuschen lässt er sich von der uniformierten Wache die Zufahrterlaubnis geben und fährt durch eine manikürte Parklandschaft zum Klubhaus. Dort übergibt er, mit der Andeutung eines Grußes, den Autoschlüssel dem Portier. Drinnen erwartet ihn Goodman bereits. Er sitzt in einem Ledersessel und raucht schwarze Orientzigaretten. „Schön, dass Sie so pünktlich sind, Mark. Eine Tugend der Deutschen, die ich sehr schätze, genau wie ihr Händeschütteln. Da weiß man gleich, woran man ist. Kommen Sie, ich habe uns einen Tisch reserviert. Alex Temple, ein Kollege, erwartet uns."

Ein Kollege, denkt Seger, davon war nicht die Rede.

Im hintersten Eck des Saals sitzt ein schmaler Mann, Mitte vierzig vielleicht, mit gegerbter Haut, und schon grau. Er sieht sie kommen und steht auf. „Alex Temple", sagt er, und reicht Seger die Hand. Goodman begrüßt er mit einem leichten Kopfnicken. „Sie also sind der Mann, von dem mir Alan vorgeschwärmt hat."

„Ich glaube kaum, dass ich das verdient habe", sagt Seger verwundert.

„Das werden wir ja bald sehen. Setzen Sie sich und erzählen Sie, was Sie nach Washington geführt hat. Alan sagt, ihr Unternehmen leistet gute Arbeit, und Sie scheinen bereit zu sein über den Tellerrand hinaus zu blicken, deshalb wohl das Engagement an der Universität. So etwas schätzen wir."

Anfangs zurückhaltend, dann immer flüssiger, erzählt Seger von seinem Studium und seiner Arbeit als Brücke zur US-Flugzeugindustrie. Er beschreibt die Zusammenarbeit mit Lockheed und Dassault, in einem Beschaffungsprogramm für einen Flieger der US Navy, und dass er sich freue hier sein zu dürfen.

Temple hört zu, unterbricht kaum und fragt schließlich: „Und was erwarten Sie von uns?" Als er sieht, wie sich Goodmans Gesicht verzieht, als hätte er in eine Zitrone gebissen, schiebt er schnell hinterher: „Vielleicht sollten wir erst mal bestellen, der Koch mag es nicht, wenn wir unsere Gäste so lange löchern, bis ihnen der Appetit vergeht. Gregory, die Speisekarte bitte", ruft er über die Schulter einem der Kellner zu.

Für eine Weile plätschert das Gespräch vor sich hin, bis Temple den Faden wieder aufnimmt und einen langen Monolog beginnt: „Wir sind hier im Zentrum der Macht, aber manche halten Washington DC für einen Chaos-Klub, der ein überdimensioniertes Gebilde, wie die USA, steuert. Andere denken, dass das Schiff längst für eine Weile ins Trockendock gehört", lacht er. „So oder so braucht es gute Leute, nicht nur hier, sondern überall auf der Welt. Leute, mit denen wir zusammenarbeiten können. Leute, die sich nicht zu wichtig nehmen, und eine Idee im Kopf haben, wie die bestehende Ordnung, falls es so etwas gibt, erhalten werden kann. Sehen Sie das ähnlich, Mark", fragt er plötzlich, als hätte er schon zu viel gesagt.

„Durchaus", sagt Seger ausweichend, ohne zu wissen, was der Mann meint.

Temple zuckt mit den Schultern und führt seinen Monolog fort: „Wenn die Regierung wechselt, oder einem unserer Mitarbeiter rund um den Globus etwas passiert, fangen wir häufig wieder von vorne an. Unser Erfolg…", er zögert einen Moment und wirft einen Blick auf zwei Männer, die sich gerade ein paar Tische weiter, gesetzt haben. „Wusste gar nicht, dass er hier ist. Du?", fragt er Goodman.

„Nein, ich dachte er wäre nach Indonesien versetzt worden."

Temple nickt und redet weiter, als hätte es keine Unterbrechung gegeben „…beruht letztlich auf dem Netzwerk vor Ort. Politiker kommen und gehen, in Europa, Afrika, überall, umso mehr brauchen wir stabile Quellen. Sie waren einige Zeit in Afrika, im Zaire und in Nigeria, sagt Alan, Sie wissen also, was ich meine." Er hält inne, beugt sich zur Seite und lässt den Kellner die Speisen auftragen.

„Auch Indien", wirft Goodman ein. „Er war auch in Indien."

„Umso besser", sagt Temple, und zieht kaum merklich die Augenbrauen hoch. „Wir hatten bis vor kurzem einen guten Mann in Berlin. Er hielt uns über die Entwicklungen in

Deutschland auf dem laufenden, jetzt ist er verschwunden", fährt er fort. „Er war Ingenieur, wie Sie, wechselte dann aber in eine Art Journalismus. Mit einem Bein in einer großen deutschen Firma, mit dem anderen schrieb er unter einem Decknamen Artikel für große westliche Zeitungen. - Schmeckt es Ihnen überhaupt?"

„Ganz ausgezeichnet. - Was ist passiert?"

„Er wurde verschleppt, in die DDR vermutlich, genaueres wissen wir noch nicht. Aber wir finden es noch heraus. Mit ihm konnte ich über alles reden: Was ist Loyalität? Was ist Patriotismus? Was ist die Wahrheit, und wer bist du gerade, wenn du von der Wahrheit sprichst? Trotzdem wusste ich nie, ob ich ihm wirklich vertrauen konnte. Er hätte ja auch ein Spion aus dem Osten sein können."

„Berlin wimmelt von solchen Menschen, habe ich mir sagen lassen", lacht Seger, während die Verunsicherung in ihm wächst.

Dann reden sie lange über Afrika, über Goodmans Zeit im Peace Corps und Temples gelegentliche Einsätze im Kongo. Es dauert, bis Temple endlich seine Serviette auf den Tisch legt und fragt: „Wie wär's mit einem Kaffee in der Bar? Vielleicht springt ja sogar ein Cognac dabei heraus."

Sie wollen mich rekrutieren, denkt Seger. Und ich dachte es ginge um mein Essay, wie naiv bin ich eigentlich.

„Dich brauche ich wohl nicht zu fragen", sagt Temple zu Goodman. „Bei Cognac hast du noch nie nein gesagt."

„Stimmt", lacht Goodman.

Nachdem sie sich in einer Ecke der Bar niedergelassen haben, und der Kaffee und Cognac serviert wurde, entschließt sich Seger, offen auszusprechen, was ihm durch den Kopf geht. „Ich weiß nicht, was Sie von mir erwarten, Mr. Temple. Ich versuche einen guten Job zu machen, interessiere mich für Gott und die Welt, ärgere mich gelegentlich, dass nicht alles so läuft, wie ich es gerne hätte, und mache mir ansonsten keine allzu tiefen Gedanken."

Temple wiegt den Kopf hin und her, als glaube er nicht so recht, was er gehört hat. „Wir alle tun verschiedene Dinge, manche lassen sich ganz gut kombinieren. Das hat Sie ihr Ingenieur Studium sicher gelehrt", sagt er gelassen.

„Fragt sich nur zu welchem Zweck. Tut mir leid, wenn ich mich nicht gerade begeistert anhöre. Aber offen mit Ihnen zusammenarbeiten möchte ich nicht. Da fürchte ich, würde mein Leben viel zu kompliziert."

„Offen, nein. Und kompliziert muss es auch nicht werden. Es hängt immer von den Umständen ab. Niemand würde wissen, dass Sie zu uns gehören. - Mir gefällt Ihre Reaktion übrigens, klare Ansage, nicht lange um den Brei herumreden. Ihr Zögern ist mir lieber, als wenn Sie uns drängten. Insofern machen wir schon richtig Fortschritte. - Alan hat angedeutet, dass Sie hier in Washington Unterstützung brauchen könnten. Was suchen Sie speziell, Sensoren?"

Seger, froh, dass ihn Temple nicht einfach abblitzen lässt, springt sofort darauf an: „Ja, wir entwickeln eine Drohne, gemeinsam mit Texas Instruments. Milpar, ein kleiner Elektronik Konzern in Vienna, hat vermutlich die Lösung für den autonomen Flug, daher meine Suche nach den passenden Sensoren. Wenn ich einen Draht zu Milpar hätte, wäre das wunderbar."

„Eine Drohne für die Luftwaffe, neben ihrem Navy-Engagement?"

„Das geht. Es sind zwei verschiedene Projekt, die sich nicht in die Quere kommen."

„Kennst du die Firma?", wendet sich Temple an Goodman.

„Ja, wir arbeiten eng mit ihnen zusammen."

„Kannst du das übernehmen?"

Goodman nickt. „Ich spreche mit Jones, Sie kennen ihn von früher."

„Der, den es …", zügelt sich Temple sofort. „Wusste nicht, dass er in der Industrie gelandet ist", sagt er zu Goodman. „Ein guter Mann, Sie werden ihn mögen", wendet er sich an Seger und reicht ihm die Hand. „Ich muss leider gehen, mein Uni-Job wartet. Die meisten von uns haben verschiedene Aufgaben. Sie sehen, vieles lässt sich gut kombinieren. - Sprechen Sie mit Jones, dann reden wir weiter. Alan kümmert sich um einen Termin."

****

Nach diesem Gespräch, wenn er von Virginia kommend auf der Key Bridge den Potomac überquert, spürt er den

Machtanspruch der Stadt. Er denkt an den ersten Tag in Washington DC, nachdem er es fast verbockt hatte. Als er entlang der Mall ging und dieses „bigger than life" Gefühl verspürte, das Niemanden im Unklaren lässt, wo das Herz einer Großmacht schlägt. Er denkt an die Menschen, die hinter den neoklassizistischen Fassaden der Independence Avenue sitzen, die Hände an den Hebel der Macht, in der Lage, mit einem Telefonat einen Diktator am anderen Ende der Welt in Angst und Schrecken zu versetzen.

Und er fragt sich, ob er so sein will wie sie.

Zuweilen nimmt er bewusst die Roosevelt-Brücke, um am Fluss entlang zu fahren, am Watergate Komplex abzubiegen und über ein paar Nebenstraßen in der Tiefgarage der M-Street zu landen, von wo er über den Aufzug sein klimatisiertes Büro erreicht. Mit fünfunddreißig Jahren ein Lobbyist im Zentrum der Macht. Morgens ein paar Telefonate, mittags ein Besuch bei Rizzoli, gegen sechs die Fahrt nach Hause. Mehr ein Schweben in seinem Straßenkreuzer über die Roosevelt-Brücke durch die Häuserschluchten Rosslyns, hinein in die endlosen Vororte mit den Villen der zahllosen Anwälte, wechselnden Diplomaten und fest verwurzelten Beamten. Regierung und ‚Government in waiting' eng vereint.

Dabei ist es vor allem die Musik der schwarzen Gettos, die ihn interessiert. Wenn John Lee Hooker zu seinen treibenden Blues-Kaskaden ansetzt, bringt es ihm die Eisenbahnfahrten seiner Jugend zurück. Gelegentlich, wenn er zusammen mit Nora einen Abend im Blues Alley verbringt, denkt er an die Zeit, als er das Studium schleifen ließ, und manche Nacht mit seiner mittelmäßigen Band für einen Hungerlohn durch die Dörfer tingelte.

Während eines weiteren Abendessens mit Alan Goodman, sagt ihm Seger, dass er nicht zu haben ist. Goodman reagiert, als hätte er nichts anderes erwartet.

„Gibt es einen speziellen Grund?", fragt er mehr aus Höflichkeit.

„Die Zusammenarbeit mit Texas Instruments droht zu scheitern, ich muss mich darauf konzentrieren. Vielleicht gelingt es mir das Management zu überzeugen, dass es sich lohnt weiterzumachen. Dafür muss ich für ein paar Monate nach Dallas."

****

Zwei Tage dauern die Verhandlungen, dann ist der Projektleiter bei Texas Instruments bereit, die Voruntersuchungen am Flugkörper zu finanzieren. Seger freut sich über den Erfolg, denn er weiß, wie sehr die Muttergesellschaft in Deutschland das Ergebnis braucht. Doch Seiler ist verstimmt, es ist nicht sein Erfolg. Als er Seger zurück nach Dallas schickt, um die Entwicklung voranzutreiben, ist es wohl auch in der Absicht ihn scheitern zu lassen. Doch Seger gelingt es mit seinem Team, den Prototyp zum Fliegen zu bringen.

Zurück aus Texas, spürt Seger das veränderte Verhältnis zwischen Nora und Seiler. Zu häufig sind diese Blicke, dieses versteckte Händchenhalten, wenn sie sich unbeobachtet glauben. Dabei hat sich Seiler längst entschieden seine Homosexualität auszuleben.

Seger verachtet Seilers Selbstmitleid, egal ob er auf dem Tennisplatz verliert, oder die Zentrale in Deutschland ihn nicht ausreichend würdigt. Er kann einfühlsam und charmant sein, doch er liebt es auch anderen weh zu tun. Seine geistige Überlegenheit zu zelebrieren, nur um sich dann mit großzügigen Gesten für die verbalen Verwundungen zu entschuldigen, die er zuvor genussvoll verabreicht hat. Im Inneren ist er leer und einsam, die Frauen, mit denen er schläft, braucht er nur als Bestätigung seines Egos. Seger hasst es, wenn er über seine Liebschaften prahlt. Wenn die Frauen ihm wie Butter in der Hand zerfließen, in der Hoffnung, die Eine, Einzige zu sein, die ihn vor sich selbst retten kann. Seger will nicht, dass Nora in Seilers Sumpf untergeht.

****

Schulze, der Vorstandsvorsitzende des Konzerns, mag Seger. Die Momente, in denen sie bei einem Glas Bier schweigend auf den Potomac schauen, sind ihm wichtiger als eine weitere Abhandlung über ein erfolgreiches Projekt.

„Es wird Zeit für Sie zurück zu kommen, wenn Sie etwas im Konzern werden wollen. Sie sind zu jung, um hier zu versauern. - Was halten Sie davon für eine Weile für mich zu arbeiten?", fragt Schulze, als ihn Seger eines Tages zum Flughafen bringt.

„Gerne, aber ich muss zuerst mit Nora sprechen, vielleicht will sie nicht zurück. Wie viel Zeit geben Sie mir?"

„Es eilt nicht. Sagen Sie Nora, dass es DIE Chance für Sie ist aufzusteigen. - Wenn ich von der Westküste zurückkomme, mache ich in New York Station. Meine Frau möchte sich das Metropolitan ansehen. Kommen Sie nach New York, wir reden dann über die Details. Es ist ja nur ein Katzensprung von hier. - Einverstanden?"

„Ja, und vielen Dank für das Angebot."

Seger will den Job, er ist extra einen Tag früher angereist, hat einen Mietwagen gebucht, um die Strecke von La Guardia in die Stadt vorab kennenzulernen. Er fiebert dem Treffen entgegen, nichts darf schief gehen.

Nach der Testfahrt entschließt er sich durch Manhattan zu schlendern. Am Eingang des Rockefeller-Center steht er lange vor der Skulptur des Atlas, der die Welt auf seinen Schultern trägt. So ähnlich muss sich Rockefeller auf der Höhe seiner Macht gefühlt haben, denkt er.

Hungrig erinnert er sich an das Restaurant im Untergeschoß neben dem Kunsteisring. Nur kurz betrachtet er die Pirouetten drehenden Tanzpaare, dann lässt er sich einen Platz im Restaurant, mit Blick auf die Eisläufer geben.

Nach dem Essen driftet er weiter nach Süden, weg von den Glaspalästen Midtowns. In einer Bar bestellt er einen Whiskey, schüttet ihn hinunter und ordert einen neuen. Ich muss es wollen, zurück nach Deutschland zu gehen, denkt er. Nur weg von Seiler reicht nicht. Schulze braucht einen Assistenten, der sich voll reinhängt, es ist ein Knochenjob, der mich auch ins Abseits bringen kann, wenn es mit Schulze nicht klappt. Ab und zu ein Bier zusammen trinken ist etwas anderes als täglich aneinander zu hängen. Trotzdem, ich mach's, wenn Nora einverstanden ist.

Auf dem Weg in Richtung Lower Manhattan tut der Whiskey seine Wirkung. Seger fühlt sich leicht, eine Entscheidung getroffen zu haben. Nur gehen, denkt er, im anonymen Fluss der Passanten mitschwimmen, das hilft den Kopf frei zu kriegen. Es wird nicht leicht werden, Schulze ist fordernd, und Nora bereut es vielleicht bald, wieder in Deutschland zu sein.

Sturmwolken ziehen vorbei, dazwischen Sonnenstrahlen wie Lanzen. Er hält an, das Gesicht nach oben gewendet. Die Wolken sind verflogen, der Himmel zeigt sich von einer stahlblauen Klarheit. Am liebsten würde er darin eintauchen und verschwinden.

****

Jahre später erhält Seger vom Konzern den Auftrag eine Medizintechnik-Firma in den USA zu gründen. Die Zeit als Assistent Schulzes hat sich tatsächlich als das Sprungbrett erwiesen, auf das er gehofft hatte.

Während er das Unternehmen aufbaut, bleibt Nora mit den Kindern noch in Deutschland, sie will sie nicht unterm Jahr aus der Schule reißen. Der Umzug allein ist schwer genug für sie, meint sie.

Als Firmensitz wählt er Marietta im Norden Atlantas. Der Süden der Stadt, in der Nähe des Flughafens, wo Seger eigentlich hinwollte, ist ein No Go, meint sein Anwalt. Dort, in einer schwarzen Umgebung, würde er keine qualifizierten Arbeiter finden. Auch Nora warnt ihn, meint, in Georgia würde sie wie eine Ausländerin behandelt werden, weil sie in Chicago geboren sei. Das wäre für einen Südstaatler schlimmer, als hätte sie keine Verbindung zu Amerika. Seger versteht erst viel später, was sie meint.

Kurz vor Weihnachten erteilt die Food and Drug Administration die Zulassung für das neue Gerät. In einer eilig anberaumten Pressekonferenz bezeichnet die Gesundheitsministerin das Verfahren als ein Wunder der Technik, das dem amerikanischen Staat Einsparungen in Milliardenhöhe und den Patienten ungeheure Erleichterung bringen werde. Bei den Einsparungen sollte sie sich täuschen.

Ab da verbringt Seger die meiste Zeit in der Luft, pendelnd zwischen Zürich und Washington DC. Kreuz und quer reist er durch die Vereinigten Staaten, um das neuartige Verfahren möglichst schnell zu etablieren. Innerhalb von zwei Jahren gelingt es ihm, ein respektables Unternehmen aufzubauen.

Während eines Treffens mit dem Gouverneur erwähnt der eher beiläufig: „We Georgians like Strangers." Auf dem Parkplatz vor der Residenz fragt Seger seinen Anwalt: „Wayne, was war das denn? Strangers. Warum sagt er nicht foreigners, wenn er mich meint?"

95

„Er meinte nicht dich", lacht Wayne gequält. „Der Bürgerkrieg rumort immer noch in seinem Unterbewusstsein. Vor zwanzig Jahren bin ich aus Ohio hierhergezogen. Harris weiß das, und wenn er mich sieht, denkt er womöglich an Cincinnati, wo die Kanonen gebaut wurden, mit denen Sherman Atlanta platt gemacht hat."

„Wow, ich dachte, Atlanta wäre eine weltoffene Stadt. Ist wohl besser ich besorge mir ein paar Bücher über eure Vergangenheit. - Hast du Zeit für einen Bissen, ich hätte noch ein paar Dinge zu besprechen."

„Wo willst du hin?"

„Du bist der Experte."

„Wie wär's mit Peachtree West?"

„Ok."

„Was hältst du von Harris?"

„Ein Politiker, der Phrasen verbreitet. Vielversprechendes Unternehmen, deutsch, hilft Georgia ein internationales Flair zu geben. Das Übliche halt. Aber wir haben ja nicht mehr erwartet. So lange die Politiker uns in Ruhe lassen, ist das schon in Ordnung."

Ein paar Monate später verliert Harris die Wahl und verschwindet in der Versenkung. Wayne wird beim Verlassen seines Büros auf der Straße angeschossen. Ein Kunde, der sich von ihm verraten fühlte, nahm das Recht in die eigene Hand.

****

Als die Firma langsam aus den Kinderschuhen herauswächst und Seger glaubt in ruhigeres Fahrwasser zu kommen, erscheint der Leiter der Rechtsabteilung unangemeldet in seinem Büro.

„Wir haben ein Problem, Mark, Refab hat uns auf Anti Trust verklagt. Sie behaupten, wir würden absichtlich Lügen verbreiten, um sie aus dem Markt zu drängen. Blödsinn, ich weiß, schließlich ging der ganze Papierkram über meinen Schreibtisch, aber wir müssen die Sache ernst nehmen. Wir sind stark, haben immer noch achtzig Prozent Marktanteil und einen großen Konzern im Rücken, das gibt Refab automatisch die Sympathien der Jury." Valera legt einen Stapel Papiere auf den Schreibtisch. „Solltest du genau lesen, dann reden wir weiter."

„Hey, John, langsam - Anti Trust - was soll der Unsinn?" Seger weiß, wenn Valera einfach so hereinschneit, ohne sich anzumelden, bedeutet es nichts Gutes.

„Vor ein paar Wochen sprachen wir darüber, dass sich möglicherweise etwas zusammenbraut. Der Techniker, den wir vor drei Monaten entließen, weil er uns beklaut hatte, ist zu Refab gegangen und hat denen anscheinend etwas eingeflüstert." John Valera druckst herum und kommt nicht zum Kern.

„Wegen eines Technikers, der unsere Konstruktions-unterlagen mitnimmt, machen wir uns doch nicht in die

97

Hosen. Wir sollten IHN verklagen", drängt Seger, ungeduldig, weil er merkt, dass da noch mehr ist.

„Es ist nicht der Mann allein. Vor drei Wochen haben wir eine Broschüre veröffentlicht, deren Wortwahl so ausgelegt werden könnte, als wollten wir die Konkurrenz aktiv aus dem Markt drängen. Zumindest ein Wort in dieser Broschüre ist heikel."

Ein Wort? Wegen eines Wortes macht er so ein Theater, denkt Seger. „Aber du hast den Text doch geprüft, oder etwa nicht?"

„Habe ich, dachte ich zumindest. Aber du weißt, wie es ist. Mir lagen drei Kaufverträge auf dem Tisch, mit lauter Sonderkonditionen. Mary wollte sie unbedingt am nächsten Tag rausschicken. Du weißt, wie sie giftet, wenn sie nicht kriegt, was sie will. Da habe ich die Broschüre wohl etwas zu schnell gelesen."

„Das heißt, du hast den Text freigegeben, ohne ihn wirklich geprüft zu haben?" Segers Ton ist merklich schärfer geworden.

„Ich kann mich nicht mehr genau erinnern. Es tut mir leid."

Seger spürt wie ihm das Blut zu Kopf steigt. Er hasst Situationen, bei denen er nur noch verlieren kann. Während er innerlich kocht, hofft er gleichzeitig, dass alles weniger schlimm sein könnte. „Okay, John, was machen wir jetzt?"

„Wir brauchen eine Verteidigungslinie."

„Wer ist wir?"

„Wir beide und unsere Anwälte. Und ich kann das nicht ohne Hilfe von außen. Wenn es sich so entwickelt, wie ich vermute, sind wir in den nächsten Monaten sehr beschäftigt."

„Woher kommt die Klageschrift?"

„Aus Florida, Orlando, Refabs Firmensitz. Lies das Papier, danach sollten wir mit Wayne reden, ich informiere ihn schon mal vorab, wenn es dir recht ist."

„Ist er schon wieder soweit?"

„Ich hoffe. Er kennt uns am besten."

„Ok, und was kostet das Ganze?"

Valera windet sich, als bereite ihm die Frage physische Pein. „Ein paar hunderttausend für die Rechtsberatung, der Rest hängt davon ab, ob wir gewinnen oder verlieren. Wenn wir Pech haben, kann es auch ein zweistelliger Millionenbetrag werden. Du solltest auf jeden Fall die Münchner einbeziehen. Am besten wäre es, wenn sie einen ihrer Anwälte abstellen."

Einen ihrer Anwälte? Was heißt das denn, denkt Seger. Bisher hat er sich bei jeder Gelegenheit gesträubt, einen von drüben dabei zu haben. Anscheinend will er sich absichern. Ein zweistelliger Millionenbetrag, das wäre der Jahresgewinn. Die Münchner werden mich kreuzigen und alte Rechnungen begleichen. Denn die Anwälte Refabs werden uns bis aufs Hemd ausziehen, und wer weiß, was sonst noch an Papieren in Deutschland herumschwirrt. Sie werden es finden, und dann geht es nicht mehr nur um ein Wort. Die halbe Belegschaft wird sich mit dem Sammeln von Papieren beschäftigen müssen, und wahrscheinlich ist es genau das, was Refab will. Ich muss die Münchner informieren, bevor sie es von Valera erfahren.

Ein Jahr später, die Anti Trust Klage ist festgefahren, schmeißt Valera genervt hin und Kate Lawson übernimmt die Leitung der Rechtsabteilung. Bei den Kunden setzt sich der Eindruck fest, dass die Firma wankt. „Wir müssen etwas tun, Mark. Dieses ewige Gerede, ob und wann wir verkauft werden, bringt uns um. Wir haben im letzten Monat allein deswegen mehrere Aufträge verloren. Unsere Kunden wollen Sicherheit und solange sich der Konzern nicht klar zu uns bekennt, gehen sie lieber zur Konkurrenz", bricht es eines Tages aus Kate heraus.

„Ich weiß, Kate, aber wenn der Konzern die Medizintechnik verkaufen will, wird er das tun, egal ob uns das passt oder nicht. - Wir wollten mit dem Kauf von Acoustics wachsen, aber jetzt fürchte ich, dass uns genau das, das Genick brechen könnte. Wir haben uns überhoben."

„Warum will der Konzern verkaufen, gibt es einen besonderen Grund?"

„Sie sind enttäuscht, und mit sich selbst beschäftigt, da stören wir nur noch. Als wir gekauft wurden, sprudelten unsere Gewinne, da dachten alle, das ginge immer so weiter.

Aber jetzt, du weißt ja, wo wir stehen. - Wir sind zu klein, um uns auf Dauer in einem riesigen Konzern halten zu können, der ein völlig anderes Geschäftsfeld betreibt. Das Management denkt in anderen Dimensionen. An die Medizin denken die nur wenn sie zum Arzt müssen."

„Aber Kramer…?"

„Der hat nichts mehr zu sagen. Der Kauf von Acoustics, mit Bardeffs Unterstützung, immerhin der Finanzvorstand des Konzerns, war vermutlich sein letztes Hurra. Aber da war die Schatztruhe des Konzerns noch voll. Jetzt ist der Dollar eingebrochen und im Flugzeugbau geht es an die Substanz. - Wenn Acoustics über die Wupper geht, und es sieht ganz danach aus, weil die Kerle in der Wüste nichts von uns haben wollen außer Geld, um ihre Verluste auszugleichen, dann ist es vorbei."

„Und was passiert mit Ihnen?"

„Sie meinen wegen des Anti Trust Verfahrens, oder eher generell?"

Lawson druckst herum, als fürchte sie, übers Ziel hinaus geschossen zu sein. Aber sie kann nicht mehr zurück. „Wir fragen uns natürlich, was aus Ihnen wird, wenn sich die Lage weiter verschlimmert. Über die Klage von Refab mache ich mir keine Sorgen, das Verfahren läuft besser als erwartet."

****

„Du bist so abwesend, was ist passiert?", fragt Nora eines Abends. „Hast du schon gegessen?"

„Ja, mit Wayne, es geht ihm nicht gut, er will das Mandat abgeben. Und die Antitrust Klage verlieren wir vermutlich. Am schlimmsten aber ist das dauernde Gerede über unseren Verkauf. Die ersten Kunden springen ab, weil sie Angst haben, wir könnten sie nicht mehr beliefern. Blödsinn, aber so denken sie eben." Seger klingt resigniert. Nora ist der einzige Mensch, dem er erlaubt hinter seine Maske zu schauen. „Ich hätte anrufen sollen, aber wir haben uns verquatscht. Schlafen die Kinder schon? Kann ich noch zu ihnen?"

„Natürlich, sie haben lange auf dich gewartet. - Was macht ihr gegen die Gerüchte, es sind doch Gerüchte, oder etwa nicht?", fragt sie, als er zurückkommt.

„Sie sehen so friedlich aus, wenn sie schlafen." Seger atmet tief durch und lässt sich in den nächsten Sessel fallen. „Wir schieben ein paar beruhigende Sprüche in den Markt, aber die glaubt uns längst keiner mehr. Vermutlich wäre es besser, wir sagten gar nichts. Aber das würde uns auch wieder als Schwäche ausgelegt. So wie die Dinge liegen, können wir nicht gewinnen, egal was wir tun."

„Warum könnt ihr nicht einfach sagen, es sei nichts dran an den Gerüchten?"

„Weil es nicht stimmt, und die Konkurrenz alles genüsslich verbreitet, was aus dem Konzern nach außen dringt, und inzwischen sogar in der Zeitung steht. Was sie schon immer prophezeit haben, passiert jetzt: Der große, mächtige Konzern will uns abstoßen und bietet uns an wie saures Bier.

Und wir tun alles, das zu untermauern. Ein einziges Schmierentheater in Deutschland: Kramer gefeuert, und Carstens, den Bardeff wie ein Karnickel aus dem Hut gezaubert hat, schafft es nicht Ruhe in den Laden zu bringen. Ihm bricht gerade die Entwicklungsmannschaft weg und der internationale Vertrieb kommt nicht auf die Beine. Er hat einfach kein Rezept, ein Schwätzer, den die Verhältnisse hochgespült haben."

„Du magst ihn nicht."

„Ich spiele Tennis mit ihm, ganz so schlimm kann es nicht sein", lacht Seger. „Das Problem ist der Konzernvorstand, wir sind für ihn nur ein lästiges Anhängsel, das wegmuss, bevor es ihnen die Bilanz verhagelt. Bardeff muss das Wasser bis zum Hals stehen, wenn ihm nichts Besseres einfiel, als dieser Carstens. Dem fehlt einfach die Grundausstattung für einen guten Manager."

„Das hört sich ja furchtbar an. Und was ist mit dir, was passiert mit uns?"

„Bei mir läuft es noch gut, aber wenn sie in Deutschland so weiter machen wie bisher.... Keine Ahnung."

„Möchtest du etwas trinken?"

„Ja gern, ein Glas Rotwein vielleicht."

„Aber irgendetwas musst du doch tun", sagt Nora, als sie das Glas vor ihn stellt.

„Ich kann die Dinge drüben nicht beeinflussen, dafür bin ich zu weit weg. Ich will mit Schulze reden, der ist inzwischen Vorstand einer großen Nürnberger Firma. Vielleicht hat der eine Idee, er hat einen direkten Draht zu Bardeff. In der Zwischenzeit muss ich meinen Job gut machen. Mich ärgert nur, dass wir die Chance des Jahrhunderts verspielen. Wie Dilettanten jonglieren wir mit den Zahlen herum, und glauben, wenn wir ein Papier nach dem anderen produzieren, können wir unsere Fehler kaschieren. Es gehört Mut dazu, auf die Zukunft zu bauen. Und diesen Mut haben wir leider nicht. Irgendeiner schnappt uns dann auf und wundert sich wie blöd wir waren.“

„Was meinst du mit aufschnappen?“

„Kaufen, uns übernehmen, das wäre sowieso das Beste.“

„Und was machst du dann? Was bedeutet es für uns als Familie?“

„Gar nichts. Ich mache einen guten Job und werde übernommen. Einer muss den Karren ja ziehen. Außerdem habe ich eine Rückkehrklausel, ich kann woanders im Konzern unterkommen, wir müssten nur umziehen, zurück nach Deutschland. Aber das will ich nicht, dort geht alles drunter und drüber. Die fahren die gesamte Belegschaft um ein Drittel zurück, weil der Dollar eingebrochen ist, und Flugzeuge werden nun mal in Dollars abgerechnet. Und es gibt ein paar Leute im Konzern, mit denen ich absolut nichts zu tun haben will. Die führen sich auf, wie wiedergeborene Cäsaren.“

„Ist das nicht euer Jobprofil?", schmunzelt Nora, steht auf und küsst ihn.

„Höre ich da eine versteckte Kritik heraus?" Seger nimmt einen Schluck Wein und sieht lachend auf Nora.

„Es kam mir nur so in den Sinn."

„Vermutlich hast du Recht. Selbstzweifel und Versagensangst passen nicht zu einem Manager."

„Wir haben seit zwei Jahren keinen Urlaub mehr gemacht. Manchmal bist du kaum noch ansprechbar, so tief steckst du in der Firma", sagt sie ernst.

„Ich weiß, ich müsste mehr Abstand halten. Du hast Recht, ich sollte wohl besser anfangen, mich umzuhören."

Nach dem Gespräch mit Nora beginnt er ernsthaft mit einem amerikanischen Konzern zu verhandeln, der in Europa expandieren will und eine neue Geschäftsführung sucht. Die Gespräche in Paris und London laufen gut. Als ihm der unterschriftsreife Vertag vorliegt, wachsen die Zweifel. Trotzdem sucht er in Frankfurt eine Wohnung und eine Schule für die Kinder.

An einem Freitag bittet er um einen Termin bei Bardeff, um sich zu verabschieden. Als er in dessen Büro tritt, findet er Bardeff überraschend aufgeräumt. „Kommen Sie zu mir an den Schreibtisch, die Sitzecke ruiniert meinen Rücken noch völlig, ich vermeide sie so oft ich kann. - Wer hat Ihnen davon erzählt?"

„Ich weiß nicht, was Sie meinen", sagt Seger. „Ich bin nur gekommen, um mich zu verabschieden."

Bardeffs gute Laune verfliegt schlagartig. „Was soll das? Sie sollen die Geschäftsführung übernehmen, und Sie fragen, was ich meine."

Seger spürte, wie ihm das Blut zu Kopf steigt. Ohne mich zu fragen, denkt er, als gehörte ich bereits zum Inventar. „Vielleicht hätte mir jemand Bescheid geben sollen. Ich habe bereits woanders unterschrieben, und kam eigentlich nur, um Lebewohl zu sagen und mich für die gute Zusammenarbeit zu bedanken."

Bardeff wirkt, als könne er nicht glauben, was er hört. „Da muss etwas völlig schiefgelaufen sein. Der Vorstand hat die Personalabteilung beauftragt Ihren Vertrag vorzubereiten, der Beschluss steht, Sie kriegen alle Freiheiten." Er überlegt eine Weile, kratzt sich am Kopf. „Kann ich Sie noch dazu bewegen, bei uns zu bleiben?"

Segers Gedanken überschlagen sich. Er sieht die mit Graffiti übersäten Schulen in Frankfurt vor sich, die überteuerten Wohnungen weit außerhalb der Stadt. In München, denkt er, hätte ich all dies nicht. Wir kennen die Stadt, Nora mag sie. „Was käme auf mich zu, wenn ich den Vertrag breche?", fragt er. „Kosten?"

Bardeff setzt ein befreites Lächeln auf, wie einer der bereits gewonnen hat. „Nichts, wir sind ja nicht im Fußball. Und falls doch, übernehmen wir das. Nur wenn Sie später einmal trotzdem dahin wollen, können sie es vergessen. Die setzen Sie auf eine schwarze Liste. Wir machen das genauso."

„Ist mir klar." Seger zögert und sagt dann ohne Umschweife: „Ich brauche den Vorsitz, eine duale Geschäftsführung, wie bisher, macht keinen Sinn."

„Darüber lässt sich reden."

„Und einen anderen Kaufmann."

„Was haben Sie gegen Carstens?"

„Nichts Persönliches, aber er denkt in Autos, das passt nicht zu uns."

Bardeff überlegt lange, als prüfe er seine Karten: „Ok, ich kümmere mich darum, aber es geht nicht von Heut auf Morgen. Gehen Sie jetzt zu Nordheim, er soll den Vertrag fertig machen, sonst fällt Ihnen noch mehr ein. Ich rufe ihn gleich an."

****

Zwei Monate später, sitzt Seger spät abends in seinem Büro und starrt auf den Soll-Ist-Vergleich. Er versucht herauszufinden, wo das Unternehmen wirklich steht. Im Konzern besitzt er längst den Ruf eines Feuerwehrmanns, der jede Woche einen neuen Brandherd löschen muss. Ohne das Verständnis Noras und der Kinder hätte er längst aufgegeben. Er ist müde, wie einer, der einfach weiter um sich schlägt, obwohl er längst ahnt, dass die Schlacht verloren ist.

Dabei hatte ich mich am Ziel meiner Träume gewähnt, denkt er. Doch jetzt darf ich die Fehler meiner Vorgänger ausbügeln, und weiß nicht einmal, ob danach noch etwas übrigbleibt. Ach was, schlapp machen gilt nicht, dadurch werden die Zahlen auch nicht besser. Er stopft ein paar Papiere in die Aktentasche, die er zum Frühstück lesen will, und macht sich auf den Weg. Als er aus dem Aufzug in die Dunkelheit der Tiefgarage tritt, stockt ihm für einen Moment der Atem. Er denkt an Mord.

Auf der Fahrt nach Hause telefoniert er noch schnell mit der US-Tochter, um die Absatzerwartung abzufragen. Es ist alles im Plan. Acoustics versucht er erst gar nicht zu erreichen. Deren Prognosen, das weiß er inzwischen, liegen wie immer im Bereich von Wunschdenken.

Nur nicht die Nerven verlieren, denkt er, während er auf das Umschalten der Ampel wartet. Zuerst müssen wir Japan in Ordnung bringen, dort fließt uns das Geld in Strömen ab. Würde mich nicht wundern, wenn sie sich selbst bedienen. Wird Zeit, dass ich einen Aufpasser schicke, dem ich vertrauen kann. Vorsichtig manövriert er das Auto in den Innenhof seiner Stadtwohnung und stellt es vor der Garageneinfahrt ab.

****

Die Stimme der Sekretärin klingt angespannt, als sie ihm den Anruf ankündigt. „Dr. Bardeff möchte Sie sprechen. Er hat nicht gesagt, um was es geht, aber es scheint dringend zu sein."

„Geben Sie ihn mir, er ist einer, der mir nichts Böses will."
Seger steht auf und betrachtet die ersten Schneeflocken,
während er auf das Gespräch wartet. Der Winter kommt
früh dieses Jahr, denkt er, als ihn das Klingeln des Telefons
aus den Gedanken reißt. „Ich grüße Sie, Herr Bardeff, was
kann ich für Sie tun?"

„Ich bin im Auto und hab wenig Zeit. Lassen Sie uns gleich
zur Sache kommen. Sie haben ein Problem mit dem
Betriebsrat."

„Ist das eine Frage oder eine Feststellung?"

„Eine Feststellung. Die Mitarbeitervertreter im Aufsichtsrat
wollen Ihre Bestellung zum Vorsitzenden nicht mittragen.
Wissen Sie, was dahintersteckt?"

„Keine Ahnung. Vermutlich passt ihnen nicht, was auf uns
zukommt. Irgendeiner, der die aktuellen Zahlen
zusammengestellt hat vermutlich gepetzt, und jetzt kocht die
Gerüchteküche über. Nicht verwunderlich."

„Wie schlimm ist es denn?"

„Schlimm, aber ich habe noch kein vollständiges Bild.
Nächste Woche kriegen Sie, wie verabredet, einen
detaillierten Bericht. Ich werde Hellen bitten, einen Termin
mit Ihnen und dem Controller zu vereinbaren."

„Gut. Aber reden Sie mit dem Betriebsrat. Ich würde gerne
wissen, ob sie etwas gegen Sie persönlich haben. Könnte ja
sein, dass sie weiter hoffen, der Konzern würde schon alles

richten, und dann wäre die Welt wieder in Ordnung. Aber so läuft das nicht mehr."

„Ich rede mit Fischer. Dann bis nächste Woche." Ein Problem mit dem Betriebsrat, denkt er, als er den Hörer auflegt. Die Kerle haben mit meinen Vorgängern so lange gekungelt, bis alles den Bach runter ging. Und jetzt suchen sie einen Sündenbock, aber nicht mit mir. „Hellen, bitte rufen Sie Fischer an, er soll kommen."

„Den Betriebsratsvorsitzenden?"

„Ja, so schnell wie möglich."

„Er wird nicht mehr da sein, Herr Fischer geht immer sehr pünktlich."

Seger hört, wie sie auf Fischers Anrufbeantworter spricht, er möge gleich nächsten Morgen kommen, es wäre dringend.

****

Fischer, untersetzt, bullig und schlau, bringt, wie immer, seine Stellvertreterin mit. Er ist gut vernetzt im Konzern, doch Seger ist das egal. Wenn sie meine Bestellung blockieren, werfe ich hin, denkt er. Er fühlt sich verschaukelt, weil ihm der wahre Zustand des Unternehmens verschwiegen wurde. Und er spürt, wie sehr ihm die Belegschaft misstraut. Zu Amerikanisch, hire and fire, geht alles nicht in Deutschland, heißt es. Sie haben keine Ahnung, wie schlimm es wirklich um uns steht, denkt er, als er Fischer die Hand schüttelt. „Grüße Sie, ich nehme an, Frau Jenninger ist zu Ihrer Unterstützung dabei, oder gibt es sonst einen Grund? Macht nichts. Was ich Ihnen sagen will, ist sowieso an den Gesamtbetriebsrat gerichtet. - Ich habe gestern erfahren, dass Sie meine Bestellung ablehnen. Warum?" Seger spricht konzentriert, mit leichtem Kratzen in der Stimme, was seinen Ärger nur notdürftig überdeckt.

„Wer sagt das?", druckst Fischer herum.

„Tut nichts zur Sache. Stimmt es?"

„Nun, wir haben unsere Bedenken vorgebracht, weil Sie so lange im Ausland waren. Die Belegschaft fürchtet, dass Sie Ihre amerikanischen Management-Methoden auch hier einführen wollen. Und es gibt ein paar Stimmen im Management…. Leute, die früher für Sie gearbeitet haben, die sich Sorgen machen."

Seger betrachtet Fischer, als hätte er einen Haufen Dreck vor sich. Nur jetzt keine Schwäche zeigen, denkt er. Er dreht den Stuhl zur Seite, und schaut den vorbeifahrenden Lastwagen auf der Durchgangsstraße vor seinem Büro nach. Schließlich sagt er ganz ruhig: „Ich habe diesen Job angenommen, weil ich dachte, das Unternehmen stünde halbwegs solide da, zumindest wurde es mir so geschildert. Aber ich habe mich täuschen lassen, weil ich nur mein amerikanisches Stück vom Kuchen sah, vielleicht auch nur sehen wollte. Verluste ja, damit hatte ich gerechnet, aber was ich vorfand ist ein Fass ohne Boden. Jetzt bin ich seit zwei Monaten hier, habe mir alles angesehen, die Zahlen, die Menschen, die Produkte, das Management, und wissen Sie was, Sie können meinen Job jederzeit haben, lieber heute als morgen. Sie tun mir sogar einen riesigen Gefallen, wenn Sie im Aufsichtsrat gegen mich stimmen. Es gäbe mir einen Grund hinzuschmeißen. - Wie lange sind Sie eigentlich schon Betriebsratsvorsitzender? Drei Jahre? Da müssten Sie schließlich wissen, wie es um das Unternehmen steht. Aber vielleicht haben Sie nicht genau hingehört, weil sie es nicht hören wollten. Waren mit anderen Sachen beschäftigt während der Sitzungen, das kann schon mal vorkommen. Aber drei Jahre? - Ich kann Ihnen sagen, was los ist. Wären wir nicht Teil des Konzerns, dann müsste ich morgen Insolvenz anmelden. So fahre ich jede Woche zu Dr. Bardeff und mache einen Kotau, nur damit Sie und Ihre Freunde völlig entspannt ihre Gehaltsüber-weisungen einstreichen können." Seger macht eine lange Kunstpause und betrachtet das sich rötende Gesicht Fischers. Als der nicht explodiert, fährt er gelassen fort: „Und zu Ihrer Bemerkung über mein Management in den USA. Ich kenne den Herrn, den Sie meinen. Ich hätte ihn entlassen, wenn ihn Kramer, nicht hierhergeholt hätte. Zuviel heiße Luft, zu wenig konkrete Ergebnisse und immer ein flottes Spielchen hinter meinem Rücken. Nicht gut für einen Finanzchef, der Auftragseingang und -Bestand nicht auseinanderhalten kann. Vielleicht will er das ja auch nicht, weil seine Performance dann nicht mehr so gut aussähe. - So jetzt können Sie mir erzählen, wie ich Ihrer Meinung nach das Unternehmen führen soll, damit wir wieder in die schwarzen Zahlen kommen. Wer von Ihnen beiden möchte denn gerne anfangen?"

Fischer schaut verlegen auf seine Stellvertreterin, die sich ganz klein macht, um ja nichts sagen zu müssen.

„Wir wissen nicht, wie es wirklich steht, Ihre Vorgänger, vor allem Kramer, haben die echten Zahlen unter Verschluss gehalten. Wenn es stimmt, was Sie sagen, unterstützen wir Sie natürlich, aber Sie kriegen es nicht zum Nulltarif. Wir werden einen Sozialplan fordern und die Verhandlungen werden nicht leicht werden." Fischer steht auf und will gehen.

„Bleiben Sie noch einen Moment", sagt Seger und winkt mit der Hand, dass er sich wieder setzen soll. „Der Sozialplan geht in Ordnung. Und vergessen Sie nicht, wir ziehen am gleichen Strang. Das Wohl unserer Mitarbeiter liegt mir genauso am Herzen wie Ihnen, aber jetzt geht es zu allererst um den Erhalt der Firma. Bei einer Insolvenz sind die Jobs weg, die Sie glauben schützen zu müssen." Seger holt tief Luft und schlägt einen versöhnlichen Ton an. „Ich biete Ihnen eine vertrauensvolle Zusammenarbeit an. Sie werden über jeden meiner Schritte vorab informiert, falls die Mitarbeiter direkt betroffen sind, egal ob es sich um den Sozialplan, Auslagerung oder sonst etwas handelt. Unser gemeinsames Ziel muss es aber sein, den Laden wieder flottzukriegen. Lassen Sie die Gewerkschaft aus dem Spiel, ich will nicht auch noch in einen Arbeitskampf verstrickt werden, das bräche uns das Genick. Und bauen Sie nicht auf den Konzern, Kramer hat dafür gesorgt, dass die Sympathien für uns aufgebraucht sind, von da fließt kein Geld mehr, wir müssen es alleine hinkriegen. - Sie brauchen sich nicht jetzt entscheiden, kommen Sie morgen wieder, dann reden wir weiter. - Ich würde mich freuen, wenn sie mein Angebot akzeptieren."

****

Zwei Jahre dauert es, bis sie aus dem Gröbsten heraus sind. Sie sparen eisern, bauen Vertrauen bei den Kunden auf und erneuern die Produktlinie. Die Zusammenarbeit mit dem Betriebsrat verläuft trotz aller Schwierigkeiten harmonisch. Nur Acoustics bekommt Seger nicht in den Griff.

Kurz nach der Übernahme schien alles wunderbar, zumindest stellte es Kramer so dar. Er hatte einen überhöhten Preis bezahlt, von dem nur das Risikokapital aus der Start-Phase profitierte. Den Gründern und Mitarbeitern mit ihren Aktienoptionen half das wenig. Sie alle wiegten sich im Glauben, im weichen Schoß eines Großkonzerns gelandet zu sein. Die Komplexität ihrer Technologie, dachten sie, würde sie schon vor allzu viel Kontrolle schützen. Sie bastelten weiter an ihren hochfliegenden Ausbauplänen, doch als die ersten Quartalsberichte weit daneben lagen, war die Euphorie vorbei.

An einem langen Wochenende fuhr der Entwicklungschef im Jeep allein in die Wüste. Er kannte die Gegend wie seine Westentasche. Seine Frau dachte sich nichts, als er abends ausblieb. Er verbrachte häufig ohne Ankündigung die Nacht draußen am Lagerfeuer. Erst nach zwei Tagen ging sie zur Polizei. Er hatte Termine verpasst und die Kollegen machten sich Sorgen. Sie fanden ihn ein paar Meilen außerhalb der Stadtgrenze unter einem Felsvorsprung ohne sein Gesicht. Die großkalibrige Pistole lag neben ihm, es fehlte nur eine Patrone.

Als Seger von dem Selbstmord erfährt, beschleicht ihn ein ungutes Gefühl. Der Mann gilt als der Vater der Technologie, die sie für viel Geld erworben haben. In seinem Kopf ist der komplizierte Rechenalgorithmus entstanden, der das neue Diagnoseverfahren revolutionieren soll. Ich hoffe, er hat alles gut dokumentiert, denkt Seger, als er die Kondolenzkarte an die Witwe unterschreibt.

Aber der Tod des Entwicklers ist nicht das einzige Problem. Acoustics und das restliche Unternehmen passen nicht zusammen. An den Wänden einzelner Cubicles erscheinen Sprüche in Gotischer Schrift: „Ve hafe vays to get your shares." Eine klare Absage an eine Zusammenarbeit, die über den Ausgleich der Verluste hinausgeht. Seger versucht es trotzdem, die beiden Unternehmen zusammenzuführen, doch als sich über Monate nichts ändert, nur immer neue Erklärungen der Gründer vorgeschoben werden, tauscht er das komplette Management aus, und setzt einen erfahrenen Mann, John Keagan, an die Spitze der Firma.

Keagan bekommt zwei Jahre Zeit, den neuen Farbdoppler fertig zu stellen. Er weiß, dass er auch unter Beobachtung des Konzernvorstands steht. Während einer entscheidenden Sitzung gelingt es ihm und Seeger aber nicht, den Vorstand zur Freigabe weiterer Millionen an Entwicklungsgeldern zu bewegen.

Der Asphalt glänzt im Licht des Gegenverkehrs wie flüssiges Blei. Kalter Regen taucht die Stadt in eine diffuse Masse verschwommener Lichtpunkte. Als die Ampel auf Grün schaltet, fährt Seger zu schnell los. Die Reifen drehen durch, es fällt ihm schwer die Spur zu halten. Ihm graust vor dem Abendessen mit Keagan. John wird nicht mögen, was ich ihm zu sagen habe, denkt er. Andererseits, was kann er erwarten? Seit Jahren verfehlt Acoustics seine Ziele. Immer neue Ausreden bringen uns nicht weiter. Wenigstens macht mir Bardeff persönlich keinen Vorwurf, schließlich war er es, der Kramer in einem nächtlichen Anruf grünes Licht gab, als das Risikokapital Druck machte. Es war reiner Bluff. Stupid German Money. Immerhin überlässt Bardeff mir die Entscheidung. Sie sind der Vorsitzende, hat er gesagt. - Er wollte es mir persönlich sagen, dass sie die Reißleine ziehen würden, Einspruch gab es nicht. Auch eine Form, Niederlagen zu zelebrieren. John wird es nicht verstehen.

Ich muss mich langsam herantasten, nicht gleich alles auf den Tisch knallen, überlegt Seger, als er den Wagen in die Einfahrt der Inselmühle lenkt. Dieser verdammte Regen. In den USA habe ich noch nie einen Schirm gebraucht. Immer nur Tiefgarage, Auto, Tiefgarage, von einer Klimaanlage zur anderen. Europa tickt anders, vor allem riecht es anders. Geh endlich, nichts wird besser, wenn du hier sitzen bleibst und Trübsal bläst.

Seger gibt sich einen Ruck, löst die verkrampften Hände vom Lenkrad und steigt aus. Als er die Tür zum Restaurant öffnet, sieht er John in der hintersten Ecke sitzen. Er winkt ihm zu: „Ich komme gleich", ruft er quer durch das fast leere Lokal. Auf der Toilette wird ihm übel. Diese elenden Jobs, denkt er, wir rackern und rackern und am Ende fehlt das Geld. Reiß dich zusammen, Mark, du wirst nicht fürs

Jammern bezahlt. Das, was du jetzt machen musst, gehört zum Job. Er wäscht sich sorgfältig die Hände, atmete kurz durch und geht nach oben. „Hallo, John. Ich habe eine Nachricht am Empfang hinterlassen, dass es dauern würde. Hast du schon gegessen?"

„Nein, ich dachte wir essen zusammen. Wie ist es gelaufen?"

Seger zieht eine Grimasse. „Nicht gut! Es gibt kein Geld mehr. Sie wollen uns verkaufen."

„Uns?"

„Alles, die ganze Medizin. Aber vielleicht ist es das Beste, was uns passieren kann. Wir passen nicht in den Konzern. Nirgends gibt es Berührungspunkte, nicht bei den Produkten, nicht bei den Kunden und schon gar nicht im Management." Seger spürt, wie sich ein Eisklotz in seinem Magen formt, er will nur noch weg.

„Wie lange haben wir Zeit?", hört er John, wie aus weiter Ferne.

„Bis zum Frühjahr." Der Eisklotz wächst. „Sie wollen, dass ich eine Sanierung durchziehe, und gleichzeitig das Geschäft verkaufe."

„Nur Acoustics?", fragt John erneut, als hätte er nicht zugehört.

„Nein, alles. Im Flugzeugbau stehen massive Veränderungen an. Bei dem aktuellen Dollarkurs kriegen sie die Maschinen nicht los, also müssen sie die Organisation anpassen, um die

Kosten zu senken. In so einem Umfeld ist es besser, wenn wir eigene Wege gehen, bevor wir ganz zerquetscht werden."

„Ich habe einige Investitionen und die Einstellung von Software Ingenieuren geplant. Das macht unter diesen Umständen wohl keinen Sinn mehr."

„Tut mir leid. - Sunk money, hat Bardeff uns genannt, man schmeißt gutes Geld keinem schlechten hinterher. Dabei weiß er zu gut, dass nichts einfach vorbei ist. Die Verträge laufen weiter, die Mitarbeiter müssen entlassen, umgesetzt, zumindest beruhigt werden. Aber das ist nicht Bardeffs Problem, dafür hat er mich. Sie wollten Ergebnisse sehen, nur leider haben wir die noch nicht. Ab jetzt sind wir nur noch lästig, lenken von den wirklich wichtigen Dingen ab. So tickt ein Groß-Konzern eben." Seger versucht zu lächeln, doch es gerinnt ihm zur Grimasse. Hoffentlich schmeißt mir John nicht sofort hin, denkt er, ich brauche ihn noch.

„Dicht machen sollen wir", sagt John verträumt. „Das sagt sich so einfach, einhundertfünfzig Leute entlassen, Verträge rückabwickeln, Lager auflösen. Wissen die überhaupt, von was sie reden, oder sind sie so abgehoben, dass sie nur noch in ihren strategischen Dimensionen denken?" Er klingt bitter, und langsam bricht die Wut durch, als begreife er erst jetzt, was die Entscheidung für ihn bedeutet.

Seger lässt ihn reden, er selbst brauchte die Fahrt quer durch München, um damit klar zu kommen.

„Und wer soll es machen?", fragt John, als er sich wieder im Griff hat. „Kommst du rüber und sprichst mit den Leuten?"

118

„Ja, muss ich wohl, aber ich brauche dich dazu, sie vertrauen dir mehr als dem German. Du weißt schon: Ve have vays to get your shares."

„Das war lange vor meiner Zeit. Der Typ, der das schrieb, ist nicht mehr bei uns."

Seger zuckt mit den Schultern, als spiele das jetzt auch keine Rolle mehr. „Zuerst brauchen wir eine Story. Wir können nicht einfach hingehen und sagen: Morgen ist Schluss Leute, packt eure Sachen und verschwindet. Wenn wir das tun, kostet uns der Spaß dreimal so viel wie nötig und entwickelt sich zum unkontrollierbaren Exodus. Das kann ich jetzt nicht brauchen, mir geht noch so eine unausgegorene Idee durch den Kopf."

„Was soll das denn, ich dachte es ist vorbei?"

„Nichts ist vorbei, bevor es vorbei ist", lacht Seger gequält. „Bardeff hat eine Bemerkung gemacht, die mir nicht aus dem Kopf geht."

„Erzähl."

Seger weiß, wie egal John die restliche Medizin-Gruppe ist, solange er nur ausreichend Geld bekommt, um die Entwicklung des Farbdopplers abzuschließen. Wenn die Überweisungen aus Deutschland ausblieben, würde er gehen. Die guten Leute entscheiden sich mit den Füßen, hatte er einmal gesagt. „Ich verstehe deinen Ärger, aber es geht nicht nur um euch in Tucson. Sie wollen, dass ich den ganzen Laden verkaufe."

„Wow, das ist aber eine Überraschung.“

„Ich hab's schon zweimal gesagt, aber du warst wohl weggetreten. Nicht verwunderlich.“

„Und was machst du?“ John hört sich fast erleichtert an.

„Weiß ich noch nicht. Nachdenken und dann sehen wir weiter.“ Seger zuckt mit den Schultern, als könne er mit der Frage nichts anfangen. „Lass uns etwas essen.“

Nachdem sie bestellt haben, sagt Seger: „Weißt du, John, ich finde wir sollten nicht so einfach aufgeben. Denk darüber nach, ob das Potenzial des neuen Geräts ausreicht, um einen chinesischen Investor dafür zu interessieren. Das war schließlich immer unser Ansatz. Asien ist auf dem Vormarsch, die Krankenhäuser suchen Lösungen, vor allem in der Diagnose. Sie wollen sich nicht allein von den Südkoreanern abhängig machen. Denk wie der Gründer eines Start-up Unternehmens, der seine Ideen verkaufen muss, um an Geld zu kommen. Traust du dir das zu? Aus meiner Sicht müsste es passen, blöd nur, dass unser Prototyp noch nicht läuft.“

Keagan nimmt einen Schluck Bier und betrachtet Seeger, als wolle er prüfen, ob der es ernst meint. „Mach dir darüber keine Gedanken, den Prototyp kriegen wir in ein paar Wochen hin, und verkaufen kann ich auch. Was schwebt dir vor?“

„Ich habe einen Interessenten aus Hongkong, an dem arbeite ich schon eine Weile. Ein Technologiekonzern, der in die Medizintechnik einsteigen und gleichzeitig ein Bein in Europa aufbauen will."

Keagan nickt, als hätte er etwas Ähnliches erwartet: „Wir sind das Zukunftspotenzial, und ihr steuert euer weltweites Vertriebsnetz bei. Ist das die Idee?"

„So hab ich's Chang verklickert. Es gefiel ihm. Ich muss nur aufpassen, dass mir Bardeff nicht in die Suppe spukt. Er hat eigene Vorstellungen, wo er uns unterbringen will, aber das hat keinen Sinn in meinen Augen. Ein marodes ostdeutsches Unternehmen, das von einem ehemaligen Politiker geführt wird. Wir müssten in die Pampa, aber da kriege ich meine Leute nicht hin."

„Ich mach das aber nicht, nur damit ihr die Gruppe gut verkaufen könnt", sagt John. „Ich muss daran glauben können."

Was für ein pathetisches Geschwätz, denkt Seger. Soll mir egal sein, solange er nur bei der Stange bleibt.

„Wenn die Chinesen bereit sind zu investieren, kriegen wir den Farbdoppler hin, aber ohne Geld kannst du's vergessen, ich brauche dringend mehr Software Ingenieure", fährt John fort, doch er klingt gereizt, als hätte ihn Segers Plan noch nicht überzeugt.

Seger weiß, dass er auf wackligem Boden steht, langsam vortasten, denkt er, schauen, dass John anbeißt. Zeit gewinnen und vielleicht, wenn er nicht vorher abspringt, kriege ich den Verkauf an Chang noch rechtzeitig hin.

In Momenten wie diesen, wo alles in der Schwebe hängt, geht ihm der ganze Firlefanz fürchterlich auf die Nerven. Die Holztäfelung mit den biederen Jagdszenen, der Kellner, der dringend ein Bad bräuchte, der strafende Blick Johns, als müsse er nur den Geldbeutel öffnen, um die Millionen weiter sprudeln zu lassen.

„Was soll ich tun?", fragt John.

„Erst mal gar nichts. Wir trinken eine gute Flasche Wein und dann reden wir weiter. Morgen fliegst du nach Hause, setzt dich mit deinen Leuten zusammen und fährst das Projekt auf Sparflamme zurück. Wir brauchen vor allem Zeit. Ich kann größere Unsicherheiten jetzt nicht gebrauchen. Was die Chinesen interessiert, ist in der Tat unser Zukunftspotenzial. Und wenn du es mit der Software hinkriegst, könnte es klappen mit der Übernahme."

„Aber wie kommen wir bis dahin über die Runden?"

„Wir leben auf Kredit. Es darf nur nicht zu lange dauern. Bardeff will uns noch nicht fallen lassen, da bin ich mir ziemlich sicher. Seine Kollegen im Vorstand setzten ihn unter Druck, aber er spielt auf Zeit, genau wie wir. Wenn sie uns dicht machen, verhagelt es seine Bilanz, weil er uns komplett abschreiben muss, also wird er uns noch eine Weile am Tropf hängen lassen. Verluste sind nichts anderes als Ergebnisse mit negativen Vorzeichen", lacht Seger gehässig.

Er ahnt nicht, dass er einen Bumerang in die Luft geworfen hat, der ihn ein paar Jahre später den Job kosten wird. Später fragte er sich immer wieder, weshalb er John nicht den klaren

Auftrag gab abzuwickeln. Jeder andere hätte es getan. Hielt er sich für besser, wollte er das Unmögliche erzwingen? Vertraute er zu sehr auf die Selbstheilungskräfte eines großen Konzerns. Nichts dergleichen. Segers Gespür für das Machbare hatte ihn für einen Augenblick im Stich gelassen. Er wollte nicht noch mehr Leute entlassen. Er wollte, dass sie ihre Arbeit tun konnten, so wie sie es geplant hatten. Er glaubte an eine letzte Chance. Aber vielleicht war er auch nur müde, wie ein Boxer, den die Schläge des Gegners systematisch zermürbt haben. „Lass gut sein, John, es war ein langer Tag, mir reicht's. Morgen, bevor du abfliegst, frühstücken wir zusammen, dann besprechen wir die weiteren Details."

Der Nieselregen hat die Windschutzscheibe mit einem dünnen Eis-Film überzogen. Es wird glatt werden auf den Straßen, denkt Seger. Ihn fröstelt. Bevor er losfährt, lässt er den Motor eine Weile laufen, um die Kabine aufzuwärmen. Zu Hause findet er drei Nachrichten von seiner Sekretärin auf dem Anrufbeantworter. Außerdem erinnert ihn Nora daran, dass sein Freund Janson angerufen hat.

****

Als der potentielle Käufer aus dem Osten abgewunken hat, ist der Konzern endlich bereit sich mit Changs Offerte anzufreunden. Es beginnen zähe Verhandlungen, die mit einem nächtlichen Marathon im Frankfurter Büro der Investment Bank abgeschlossen werden. In letzter Minute besteht Chang darauf, dass sich Seger verpflichtet für mindestens drei Jahre nach der Übernahme im Unternehmen zu bleiben.

Seger ist einverstanden, aber er will die Konditionen kennen. Und so wird innerhalb von Stunden ein Beteiligungspaket geschnürt, das ihm einen kleinen Anteil am Unternehmen zuspricht. Um vier Uhr morgens, die Nerven aller Beteiligten zum Zerreißen gespannt, ist alles in trockenen Tüchern und die Dokumente rechtskräftig unterschrieben. Mitten in der Nacht ruft er Nora an. Sie wollte es so, egal wie spät es sein würde.

„Wir haben's geschafft. Entschuldige, am Ende wurde es noch einmal eng, deshalb ist es so spät geworden. Hoffentlich konntest du ein paar Stunden schlafen."

„Es ging so, den Kindern erzählen wir alles, wenn du zurück bist. Ist das Ok?"

„Ja, Chang steigt ein und will seine Beteiligung systematisch ausbauen. Ich musste einen Dreijahresvertrag akzeptieren, damit ich dabeibleibe. Es macht Sinn."

„Ziehen wir nach Hongkong?"

„Nein, wir gehen nirgendwo hin. Alles bleibt wie es ist, der Firmensitz in München und Acoustics kann weitermachen. Da hatte ich Sorgen. Jetzt muss ich aber schlafen, wie spät ist es, ich kann die Augen nicht mehr offenhalten."

„Kurz vor fünf. Ich glaube, ich stehe auf, an schlafen ist sowieso nicht mehr zu denken. Wann kommst du?"

„Morgen, d.h. heute Abend.“

****

Zwei Jahre später, auf der Fahrt zum Flugplatz in Xian, im Herzen Chinas, schmunzelt Seger, als er in Gedanken das Treffen mit dem chinesischen Kader Revue passieren lässt. Ein langer Vortrag, gebrüllte, wie eine Attacke. Er verstand kein Wort, und keiner machte sich die Mühe zu übersetzen. Erst nach der Veranstaltung erwähnte Charly, sein Mann in Peking, dass es die üblichen Phrasen waren, die keiner mehr hören wollte. Er solle sich keine Sorgen machen.

Vielleicht schaffen wir es doch noch, wenn das chinesische Joint Venture erfolgreich wird und Chang seine Beteiligung aufstockt, denkt Seger. Und wenn Keagan den Farbdoppler zum Laufen bringt, dann könnte es sogar sein, dass wir richtig Geld verdienen. Fünf Jahre harte Arbeit, immer am Rand des Abgrunds erfolgreich abschließen, das wäre schon was.

Der kleine Flughafen in Xian erinnert ihn an die ersten Jahre in Afrika. Lagos, Murtalla Mohammed, wenig mehr als eine brütend heiße Wellblechbude, in der sich das Gepäck in großen Haufen stapelte. Lang ist es her, denkt Seger, ich bin ein anderer Mensch geworden.

Er und Nora sind die einzigen Europäer im Wartebereich. Plötzlich spürt er die Spannung unter den Wartenden. Alle starren gebannt auf das Fernsehgerät, das grobkörnige und häufig gestörte Bilder aus Shanghai zeigt. Einige Uniformierte führen drei schmutzige, unrasierte Männer ins

Bild. Die Gesichter sind geschwollen, als wären sie geschlagen worden. Den Blick gesenkt hören sie die Worte eines der Uniformierten. Dann zückt je ein Polizist die Pistole, setzt sie an die Schläfe des neben ihm stehenden Gefangenen und drückt ab. Es reißt den Kopf zur Seite und die Körper sacken zusammen. Das Programm wechselt und zeigt Bilder eines Parteikongresses.

Entsetzt schlägt Nora die Hände vors Gesicht. Segers Nachbar versucht ihm in gebrochenem Englisch zu erklären, dass es sich um Wirtschaftsverbrecher handelte, die der Korruption überführt wurden. Eine öffentliche Exekution, nicht der Rede wert.

Die gute Stimmung ist schlagartig verflogen. Was für ein Land, denkt Seger, geheimnisvoll und unberechenbar. *Manes Sperber* hat das Gefangensein in der gnadenlosen Ideologie der Sowjetunion beschrieben. Das Kollektiv zählte alles, der Einzelne und das Recht wenig. Und hier reiben sie dir dreitausend Jahre Kulturgeschichte unter die Nase, aber sie exekutieren wie im Mittelalter. Sie haben die Kochtöpfe der Bauern eingeschmolzen für den großen Sprung - Millionen sind dabei verhungert. Sie haben eine Kulturrevolution angezettelt, die mit Kultur nichts zu tun hatte. Abermillionen haben damals jede Hoffnung verloren. Und über das Massaker am Tiananmen Platz spricht keiner, als hätte es nie stattgefunden. Jetzt wollen alle nur noch reich werden, am besten über Nacht. Wenn ich die Wahl hätte, würde ich einen großen Bogen um China machen, aber diese Option habe ich nicht mehr. Es wird nicht leicht werden mit Chang, wenn er beginnt die Regeln zu bestimmen. Und das wird er früher oder später tun. Mal sehen, wie lange ich das aushalte.

****

Im Taxi, auf dem Weg zu Changs Palast, versucht Seger seine Gedanken zu ordnen.

Mitten in der Nacht hat John Keagan angerufen, und eher beiläufig erwähnt, dass er Krebs im fortgeschrittenen Stadium hat. Ob die Bauchspeicheldrüse befallen sei, wisse er noch nicht, der endgültige Befund stehe noch aus.

„Dann warten wir doch ab, bevor wir alle verrückt machen", hatte Seger gemeint. „Wen, außer mir, hast du bereits informiert?"

„Nur Dana, meine Frau. - Wegen der Firma mach dir keine Sorgen, ich ziehe das durch. Wo bist du gerade? Wann kommst du nach Tucson? Wie geplant, in zwei Wochen?"

„Ja, ich bin in Hongkong, treffe mich mit Chang, dann geht's nach Tokio und von dort über Los Angeles zu dir. Jetzt muss ich erst mal durchschnaufen. Was sage ich Chang?"

„An deiner Stelle würde ich vorerst gar nichts tun. Vielleicht ist es ja gar nicht so schlimm, wie der Arzt vermutet. - Die Entwicklung des Farbdopplers läuft glatt, die erste gute Nachricht seit langem." John klingt sarkastisch, die Stimme belegt. „Lass uns ausführlicher über den Krebs reden, wenn du in Tucson bist. Dann habe ich die erste Chemo hinter mir und weiß, wie ich darauf anspreche. Mehr kann ich im Moment leider nicht sagen."

„Wie nimmt es Dana auf?"

„Nicht so gut."

Er wollte, dass ich es als Erster erfahre, denkt Seger, nachdem er aufgelegt hat. Irgendwie klang er erleichtert. Ich kann Chang nicht im Unklaren lassen, er würde es mir nie verzeihen.

An Schlafen ist nicht mehr zu denken.

Nach einem hastigen Frühstück mit Nora, als er vor Changs Wolkenkratzer aus Stahl und Glas steht, genießt er für einen Moment den freien Blick auf den Hafen und Kowloon, bevor er durch die Drehtür tritt. Das nächtliche Telefonat mit John geht ihm nicht aus dem Kopf.

Die beiden letzten Tage in der Stadt haben ihm gutgetan, Nora mag Hongkong, nur der Anflug zwischen den Häuserschluchten, vorbei an den zum Greifen nahen Sweatshops, hatten ihr den Angstschweiß auf die Stirn getrieben. Das Hotel, ein sympathisches, kleines Haus aus der Kolonialzeit, gefällt ihr. Es hat keine Klimaanlage, doch der stetige Luftstrom des Deckenventilators mildert die Hitze der Nacht. Seit langem haben sie wieder miteinander geschlafen.

Nach Johns Anruf war die Spannung, die ihn seit Jahren fest im Griff hat, zurück.

Mit Bardeff wäre es einfacher, denkt Seger, als er sich am Empfang meldet. Ich würde ihm sagen was Sache ist, und er hätte geantwortet: „Machen Sie, was Sie für richtig halten."

Zumindest früher hätte er das gesagt, als er mir noch vertraute. Vielleicht hätte er wegen John auch stärker nachgefragt, ob das Gerät unter den geänderten Umständen auch wirklich fertig würde. Bei Chang weiß ich gar nichts. Keine Ahnung, wie er reagieren wird. Zu blöd auch, dass es ausgerechnet jetzt passiert, wo wir dachten im Zieleinlauf zu sein. Wenn ich John verliere, kann ich Acoustics abschreiben.

Der Sicherheitsmann winkt ihn durch, sie kennen sich bereits und Frau Lin hat ihn avisiert.

„Wie viel Zeit hat er für mich?", fragt Seger die Sekretärin mit der Andeutung einer Verbeugung, ohne ihr die Hand zu reichen.

„Eine gute Stunde, Herr Seger. Mr. Chang hat leider später noch einen wichtigen Termin, den er nicht verlegen konnte", sagt sie bedauernd. „Sie können gleich zu ihm, er erwartet Sie bereits."

„Schön Sie zu sehen", sagt Seger, als er Changs Hand schüttelt. „Ich hoffe, mein Besuch kommt nicht ungelegen."

„Sie wissen ja, was ein voller Terminkalender ist, aber Lin schafft es immer, eine Stunde heraus zu quetschen. Beim nächsten Mal sollten wir uns aber mehr Zeit nehmen. Setzten Sie sich, was kann ich für Sie tun, Mark? Ich hoffe, Sie bringen gute Nachrichten. Die offenen Steuerfragen sind geklärt, sagt Han Sen, jetzt ginge es nur noch um die organisatorische Einbettung. Sie kennen doch Han Sen meinen Finanzchef?" Chang klingt aufgeräumt, einen Tick zu freundlich.

„Ja natürlich, er hat die Übernahmeverhandlungen geführt. Das Geschäft verläuft planmäßig, aber ich mache mir Sorgen wegen Acoustics. In der Entwicklung haben wir zwei Software Ingenieure verloren, dadurch könnte sich der Feldversuch verzögern. Und dann ist da noch etwas, was ich erst heute Nacht erfuhr. John Keagan, der Chief Executive von Acoustics, hat Leberkrebs. Es ist aber nur ein erster Verdacht." Seger ist erleichtert, dass es ihm so glatt über die Lippen ging.

Changs Mine bleibt undurchdringlich. „Was heißt das?", fragt er kühl.

Seger zögert, er weiß nicht, wie Chang schlechte Nachrichten aufnimmt. Er entscheidet sich für den Mittelweg. „Im schlimmsten Fall fällt Keagan für einige Monate aus. Eine Terminverschiebung beim Farbdoppler wäre wahrscheinlich, mit entsprechenden Auswirkungen auf den Umsatz im nächsten Jahr."

„Was können Sie dagegen tun?"

„Die Software Mannschaft ausbauen und einen Interims Manager benennen."

„Das heißt, Sie wollen Keagan nicht sofort ablösen?", fragt Chang zweifelnd.

„Es wäre das falsche Signal an die Belegschaft. Ich treffe ihn nächste Woche in Tucson, dann weiß ich mehr." Seger versucht bestimmt zu klingen, wohl wissend auf welch wackligem Grund er sich befindet.

„Keine guten Nachrichten, Mark. Machen Sie, was sie für richtig halten, und geben Sie mir Bescheid. Jetzt muss ich Sie leider verlassen, die nächste Sitzung wartet."

Chang verabschiedet sich per Handschlag und greift sofort zum Telefon. Draußen, in der feuchtwarmen Tropenluft, als Seger auf das Taxi wartet, fühlt er sich miserabel.

****

Wochen später, als er den Mietwagen in Tucson in Empfang nimmt, zeigt das Thermometer 116 Grad Fahrenheit. Die Wüste ist gnadenlos, wie der Krebs, der John fest im Griff hat, denkt Seger, und lenkt das Auto auf den Highway in Richtung des Firmensitzes von Acoustics.

„Hi, John, du siehst gut aus. Na, eher den Umständen entsprechend", versucht Seger aufgekratzt zu klingen, um seinen Schrecken zu verbergen. John Keagan hat stark an Gewicht verloren, die Haut zeigt die Transparenz eines Toten. Er atmet mühsam, aber seine Augen strahlen im fiebrigen Glanz eines Kämpfers, der noch nicht aufgegeben hat. Er wird es nicht schaffen, denkt Seger, als er ihm die Hand reicht. „No bullshit, wie geht es dir wirklich?", fragt er ernst.

„Wenn ich das nur wüsste. An manchen Tagen fühle ich mich miserabel, aber die Ärzte meinen, ich hätte eine Chance. Sie probieren eine neue Therapie an mir, wenn die anschlägt, kann sich der Körper wieder erholen, sagen sie. Inzwischen bringt mich die Chemo um, du siehst ja, wie ich aussehe."

„Ja", sagt Seger mit der Andeutung eines Lächelns. „Wir müssen über die Firma reden. Du bist zu schwach, John, um sie zu führen. Glaubst du, Jim könnte dich vertreten? Zumindest bis du wieder auf dem Damm bist?"

Keagan deutet ein Lächeln an, als wüsste er längst, was Seger will. „Für ein paar Monate, sicher. Auf Dauer ist er nicht der richtige Mann. Wenn ich drauf gehe, musst du dir einen anderen suchen. Einen, der die Zügel in die Hand nimmt, Jim liegt das nicht, er ist mehr an seinem Golf-Handicap interessiert. Willst du, dass wir gemeinsam mit ihm sprechen?"

„Lass mal, ich muss erst noch darüber nachdenken. Soll ich dich nach Hause fahren?"

„Danke, Dana kommt und holt mich ab."

„Wie verkraftet sie es?"

„Wir wollen es gemeinsam durchstehen."

Seger nickt, als gäbe es darauf keine Antwort. „Ich gehe dann mal in die Entwicklung, die Leute sollen sehen, dass ich zu euch stehe. Mensch, John, ich hatte wirklich geglaubt, du kriegst es hin, damals im Point in Thyme, als ich dir den Posten anbot. Du warst auf einem guten Weg. Dann hoffentlich bis bald."

„Bis bald, Mark."

Er wird es nicht schaffen, denkt Seger auf dem Weg zum Büro des Entwicklungschefs. Die ganzen Dream Catcher, die ich ihm schenkte, haben nichts genützt. Schade, ich hatte die Kraft der Navajos höher eingeschätzt, aber vermutlich wurden die Geister von den Weißen längst vertrieben. Was soll das, Mark, du fängst an durchzudrehen. Du bist kein Schamane, sondern der Chef einer Technologiefirma. Top Dog hat dich der Richter genannt, du kannst dir keine Traum-Tänzereien leisten. Ich muss es mit Jim versuchen, eine andere Wahl habe ich nicht. Von außen setzt sich kein Mensch auf so einen heißen Stuhl, wo alles in der Schwebe hängt. Und verkaufen lässt sich Acoustics auch nicht mehr, nicht mit der Geschichte der letzten Jahre. Wie konnte ich mich nur so in die Ecke manövrieren? Du bist eben blöd, Mark Seger. Nein nicht blöd, nur ohne das Killer-Gen, das dir helfen würde, über Leichen zu gehen.

Mechanisch nickt er einem der Hardware Entwickler zu, der ihm auf dem Gang entgegenkommt, als er sich durch das Labyrinth aus Bürokuben windet. Im Studium habe ich noch schwarze Streifenbänder auf Leiterplatten geklebt, denkt er, und jetzt sind wir mitten drin im Umbruch, raus aus dem Industriezeitalter, hinein in etwas Neues. Nur was das ist, weiß keiner so richtig. Wir spekulieren und experimentieren, aber eigentlich stochern wir nur im Nebel herum, dabei fahren wir mit einer Geschwindigkeit, die uns nicht guttut. Von Chaos-Theorie schwafeln einige, fragt sich nur, ob das Chaos das Endergebnis oder der Beginn ist. Alles wird austauschbar, auch der Mensch. Er ist zunehmend im Weg mit seiner Unberechenbarkeit. Das, was die Software Entwickler heute noch in ihren Bürokuben machen, wird in Zukunft von einem Computer erledigt, noch dazu mit drastisch gesenkter Fehlerquote und vierundzwanzig Stunden am Tag. Wie viele Piloten braucht ein A 300 Flieger, heißt es in einem Witz unter Flugzeug Ingenieuren. Die Antwort ist: Einer und ein Hund. Den braucht es, damit er den Piloten in die Hand beißt, wenn er den Steuerknüppel anfassen will. So weit sind wir immerhin schon gekommen, lacht Seger leise in sich hinein.

Im Vorbeigehen sieht er in einem der Kuben das Bild eines kleinen Jungen, eingeklemmt zwischen Bildschirm und Rahmen des Computers. In der einen Hand hält der Vater den Baseball Schläger, die andere liegt auf der Schulter des Jungen. Gut, denkt Seger, es geht immer weiter. Noch haben wir Zeit, bevor wir uns überflüssig machen.

****

Ein paar Monate später ruft Dana an, dass es John nicht geschafft hat. Seger fliegt für die Beerdigung sofort nach Tucson. Was sind wir denn schon, denkt er im Flugzeug: Eine Ansammlung komplexer Zellhaufen, die von elektrischen Impulsen gesteuert werden. John ist tot und mit ihm sein Optimismus, den ich nicht einlösen kann. Ich werde Acoustics schließen müssen, Jim kann es nicht und einen anderen habe ich nicht. Sie werden mich hassen, und es wird mich wahrscheinlich den Job kosten. Aber so sind nun mal die Regeln. - Eine winzige Chance habe ich noch:

Wenn Chang frustriert aussteigt und Galloway bereit ist ins Risiko zu gehen, wäre ein Neuanfang möglich.

Den Rückflug nimmt er über London, wo ihn sein Anwalt bereits erwartet, um sich auf das Treffen mit Henry Galloway, einem Guru des Risikokapitals einzustimmen. Eigentlich braucht er den Anwalt nur, damit Chang ihm nicht vorwerfen kann, er wolle das Unternehmen hinter seinem Rücken verkaufen. Hang Sen, Changs Finanzchef hat ihn zu dem Treffen mit Galloway ermuntert, weil er damit rechnet, dass Chang nach den Verlusten bei Acoustics keine weiteren Mittel zuschießen wird.

„Toller Mantel, Mark, italienischer Schnitt, gutes Material, nicht wie die Lappen, die uns in New York zu Horrorpreisen angedreht werden", begrüßt ihn Galloway wie einen alten Freund.

Anscheinend gehört das zu seinem Plan, denkt Seger, erstmal gut Wetter machen, aber wenn er bereit ist zu investieren, soll mir das egal sein. „Dein Büro, Henry, ist einen Block von der Fifth Avenue entfernt, da gibt es Designer Mäntel im Dutzend. Meiner ist in der Tat ein Italiener, aber schon etwas bejahrt. Wo geht's lang?", fragt er, nachdem er sich in die Anwesenheitsliste eingetragen hat.

„Ich glaube, hier um die Ecke. Bob und ich sind auch nur zu Gast", sagt Galloway. „Unsere Londoner Kollegen haben uns das Besprechungszimmer geborgt, und eine gute Tasse Tee springt wohl auch noch heraus. Bob werdet ihr gleich kennenlernen, er wartet bereits im Besprechungszimmer. Wie war der Flug?"

„Alles normal. Ich fliege gern, im Flugzeug kann ich mich für ein paar Stunden ungestört entspannen."

„Das wird sich ändern, schneller als du denkst. Wir haben eine Firma in unserem Portfolio die Breitbandübertragung betreibt. Faszinierend, was sich da tut. In Zukunft, schätze ich, wirst du dein halbes Büro in die Luft verlegen."

„Ich hoffe, das bleibt mir erspart."

Galloway sieht ihn kurz von der Seite an. Falls er irritiert ist, lässt er sich nichts anmerken. „Hier sind wir. Das Zimmer ist nicht groß, aber so brauchen wir uns wenigstens nicht quer über den Raum anbrüllen. Du hast gesagt, dass du keine Projektion brauchst, deshalb nur ein Flipchart für alle Fälle. Das Zimmer steht uns für drei Stunden zur Verfügung, reicht dir das?"

„Allemal, unser Flieger geht um neunzehn Uhr. - Hallo, ich nehme an, Sie sind Bob Rodgers." Mit ausgestrecktem Arm geht Seger auf einen Mann mittleren Alters zu, der aufsteht, als sie das Zimmer betreten.

„Ja, und Sie vermutlich Mark Seger, Henry hat viel von Ihnen erzählt."

Seger verzieht das Gesicht zu einem kurzen Grinsen und weist auf seinen Anwalt. „Gero Kirchner, mein Syndikus. Ich dachte, ich könnte etwas Unterstützung brauchen", lacht er. „Vielleicht sollten wir uns gegenseitig kurz vorstellen, dann weiß jeder wen er vor sich hat. Ist das okay?"

Galloway hebt zustimmend die Schultern. „Dann fange ich am besten mit mir an: Henry Galloway, Managing-Partner des Health Science Fonds mit Hauptsitz in New York. Wir halten Anteile an rund einhundertfünfzig Portfolio-Unternehmen, die sich hauptsächlich auf die Medizin konzentrieren. Die Summe der Bewertungen liegt bei rund zwei Milliarden Dollar. Bob kann mehr zur Struktur des Portfolios sagen. Übrigens, Bob ist mein designierter Nachfolger. Es wird Zeit für mich, Ende des Jahres mein Handicap zu verbessern. Bob." Henry winkt seinem Kollegen mit den Augen, als wollte er sagen: Hier hast du sie, sie gehören ganz dir.

Deshalb ist Henry so entspannt, denkt Seger, er hat überhaupt nichts mehr zu verlieren. Schade eigentlich, jetzt kann es sein, dass ich mit diesem Rodgers wieder ganz von vorne anfangen muss. Mit einem gewinnenden Lächeln sieht er auf Bob, wobei er beiläufig Kirchners Nervosität registriert.

„Vielen Dank, Henry, wie gesagt, ich heiße Bob Rodgers, und bin seit acht Jahren bei Health Sciences. Eigentlich Investmentbanker mit Schwerpunkt auf der Analyse. Wir beide, Henry und ich, finden das vorliegende Projekt spannend, aber am Ende, das wissen Sie selbst, hängt es vom Kleingedruckten ab", sagt er verbindlich.

Er hält sich bedeckt, denkt Seger. „Danke Bob." Seger wendet sich an Kirchner. „Wollen sie ein paar Worte zu sich sagen, Gero?"

„Ja gern. Guten Tag meine Herren, mein Name ist Dr. Gero Kirchner, ich bin Anwalt und leite seit zwei Jahren unseren Corporate Law Bereich. Mark hat mich zu diesem Gespräch gebeten, damit bei unserem Mehrheitsgesellschafter nicht der Eindruck entsteht, als würden wir etwas hinter seinem Rücken aushandeln wollen. Ansonsten ist mir die Deal-Struktur nicht bekannt."

Henry sieht kurz auf Rodgers, bevor er sich Seger zuwendet. „Von einer Deal-Struktur kann meines Wissens noch keine Rede sein, oder sehe ich das falsch?"

Mensch, Kirchner, noch plumper lassen sich junge Pflanzen nicht zertreten, denkt Seger. Was für ein Idiot, aber der Idiot bin eher ich, warum musste ich ihn auch dazu nehmen. Einen Grünschnabel, der sich vor Angst in die Hosen scheißt. Keine Ahnung, was mich geritten hat. Vielleicht die Sorge, dass mir die Deutungshoheit entgleitet, und genau das passiert gerade. „Natürlich, wir sind weit entfernt von einem Deal. Wer weiß, ob wir überhaupt zusammenpassen. Was Gero meint, sind die Entscheidungsebenen unseres Gesellschafters. Die eine Fraktion um den Finanzchef würde uns gerne gehen lassen, während Chang, auf dessen Betreiben wir gekauft wurden, uns eher ausbauen möchte. Hört sich unvereinbar an, ist es aber nicht. So sind nun mal die Hierarchien eines Großkonzerns, in Asien nicht anders als in Europa, oder in Amerika", versucht Seger abzuwiegeln.

Galloway hat inzwischen jede Kungelei abgelegt und ist nur noch gespannte Aufmerksamkeit. Kirchners Bemerkung bezüglich der Deal-Struktur hat ihm offensichtlich missfallen, und Segers langatmiger Rettungsversuch hilft auch nicht. Er zieht die Augenbrauen hoch und sagt: „Über die Gesellschafter reden wir später. Für uns sind die Produkte entscheidend, welche Wachstumschancen bestehen, wie gut sind die Leute, die das Geschäft betreiben. Danach brauchen Bob und ich zwei bis drei Wochen, um uns ein eigenes Bild zu machen. Wenn wir zu einem positiven Ergebnis kommen, geben wir euch eine Absichtserklärung, wie und zu welchen Bedingungen wir eventuell einsteigen würden. Damit könnt ihr zu eurem Aufsichtsrat gehen, wenn ihr das wollt."

„Macht Sinn", sagt Seger. „Ich habe ein Positionspapier mitgebracht, das die meisten Fragen beantworten sollte. Ich würde vorschlagen, wir gehen das Papier schrittweise durch. Einverstanden?"

„Einverstanden", nickt Galloway, und lehnt sich entspannt zurück, während Seger die nächsten zwei Stunden ausführlich über das Geschäft referiert. Kirchner verhält sich still und konzentriert sich aufs Gesprächsprotokoll.

Nachdem sie eine weitere Stunde über Gott und die Welt diskutiert haben, über Märkte, zukünftige Trends, Ausbau-

Möglichkeiten für den Fall, dass mehr Kapital zur Verfügung steht, trennen sie sich.

„Das war gut, ich hatte nichts anderes erwartet", sagt Galloway, wobei er Segers Hand schüttelt. „Möglicherweise dreht ihr ein zu großes Rad. Aber das lässt sich leicht korrigieren. In zwei Wochen kriegt ihr von uns Bescheid, damit kannst du zum Gesellschafter gehen."

Noch im Aufzug fragt Seger. „Mensch, Kirchner, was hat Sie denn geritten, als Sie ohne Not die Konzernquerelen ins Spiel brachten. Dafür hatte ich Sie eigentlich nicht dazu gebeten."

„Ich wollte die Verhältnisse klären, möglichst sofort. Hätte ja sein können, dass sie hinschmeißen, wenn sie erfahren, dass wir mit den Eigentümern noch nicht geredet haben."

„Über was hätten wir denn reden sollen?" Seger kocht innerlich, zwingt sich aber ruhig zu bleiben. „Und was halten Sie von der Sache?"

„Sie scheinen es ernst zu meinen. Aber glauben Sie wirklich, dass uns die Chinesen gehen lassen."

„Ich weiß es nicht. Aber wir werden es nicht herausfinden, wenn wir kein konkretes Angebot auf den Tisch legen. Han Seng weiß Bescheid über unser heutiges Treffen, er ist der festen Überzeugung, dass wir es allein nicht schaffen. Er kennt die Verhältnisse in Changs Konzern, ich muss mich auf sein Urteil verlassen. Schließlich ist er derjenige, der zusätzliches Geld für uns bereitstellen würde. Die

Alternative, wenn Health Sciences nicht einsteigt, ist, dass wir unsere Gruppe massiv beschneiden müssen. Dazu habe ich ehrlich gesagt keine Lust mehr. Mir stecken die ersten Jahre, in denen ich die Hälfte der Belegschaft entlassen musste, immer noch in den Knochen."

Nach dem Treffen in London bekommt Seger einen pensionierten General als Aufpasser in den Aufsichtsrat. Chang mag es nicht, wenn einer seiner führenden Leute zu forsch vorprescht. Vom Geschäft versteht der Mann wenig, aber Seger weiß, dass sein Vertrauensvorschuss aufgebraucht ist.

Als er Acoustics schließen muss, beginnen seine besten Leute abzuwandern. In einem letzten Versuch, den Abwärtstrend zu stoppen, fliegt er erneut nach Xian, zu seiner chinesischen Tochtergesellschaft. Sie bringen ihn im Gästehaus der Regierung unter, wo auch Mao Tse Tung und Tschou En Lai residiert haben.

Hier also hat er gesessen und geschrieben, denkt Seger, als er spät abends von einem Bankett zurückkommt. Er setzt sich an Tschous Schreibtisch und streicht über das dunkle, altmodische Eichenholz mit der kleinen verwitterten Lederauflage. Ob Mao die Öffnung nach Westen gewollt hätte? Wohl kaum, aber wer weiß schon, was er wirklich wollte.

In dem abgeschabten Ledersessel der Suite überlegt er, was er falsch macht. Zu hohes Risiko, zu fordernd, die Leute vergessen mitzunehmen, denkt er. Deng, heißt es, sei ungeduldig, er wird Fehler machen, alle machen irgendwann Fehler, wenn sie zu lange an der Macht sind. So funktioniert das System. Derjenige, der die meisten Fehler macht, muss weg, das gilt auch für mich.

****

Zurück in der Firma merkt er, wie die Mitarbeiter ihr Gespräch unterbrechen, wenn er vorbei geht. Sie grüßen ihn distanziert, als wäre er bereits erledigt.

Die Kinder sind inzwischen aus dem Haus, und das Zusammenleben mit Nora versteinert zur Routine. Sie sprechen kaum noch miteinander, bis Nora sich in einen Amerikaner auf Weltreise verliebt, den sie vor einem ihrer Lieblingsbilder in der Alten Pinakothek getroffen hat. Anfangs versucht sie es noch zu verbergen, doch mit der Zeit wird das Bedürfnis, mit dem Mann zusammen zu sein, überwältigend. Eines Morgens, beim Frühstück, kann sie es nicht mehr verbergen. „Ich habe einen Mann kennen gelernt."

„Und?"

„Ich möchte mit ihm leben."

„Und das sagst du mir so zwischen Tür und Angel. Ist das dein neuer Stil?"

„Ich habe versucht mit dir zu reden, aber ich komme nicht mehr an dich ran. Du bist wie ein Felsbrocken, der sich von der Welt verabschiedet hat."

„Du bist lange gut gefahren mit diesem Felsbrocken."

„Den ich kaum gesehen habe, weil er meist unterwegs war", sagt sie leise. „Früher warst du anders, zugänglicher, aufgeschlossener. Wir haben gemeinsame Sachen gemacht."

„Ein Vorwurf? Ausgerechnet jetzt, wo ich dich mehr brauche als je zuvor. Du hast von meiner Karriere profitiert."

„Profitiert?", sagt sie mit einem Lächeln. „Ich bin dein Handlanger."

Was für ein hässliches Wort, denkt er. Sie ist mein Partner, aber anscheinend hat sie das nie so gesehen. Sie will weg von mir, alle wollen sie weg, es ist der Preis. „Handlanger stimmt nicht, das weißt du. Wir hatten eine gute Zeit zusammen. Was willst du tun?"

„Ich will zu ihm ziehen. Er hört mir zu."

„Im Gegensatz zu mir. Lebt er in München?"

„Nein, in New York, ich werde hinziehen."

„Das steht alles schon fest? Warum hast du nicht mit mir geredet?"

„Wenn ich es versucht habe, hast du gelächelt, als könntest du dir nicht vorstellen, dass ich dich verlasse."

Sie hat gewartet, bis ich verwundbar wurde, denkt er. „Du bist keine junge Frau mehr."

„Das weiß ich, aber ihn scheint es nicht zu stören. Eigentlich mochte ich ihn gar nicht, aber dann umfing mich sein Englisch wie ein warmes Handtuch. Ich wusste nicht, wie sehr ich die Sprache vermisst hatte. Er warb um mich, aber als ich seine Einladung zum Essen annahm, ging es mir nur darum diese Sprache noch eine Weile zu hören. Wärst du da gewesen, hätte ich ihn nie kennen gelernt. - Ich gehe jetzt, in ein paar Tagen lasse ich meine Sachen abholen, wenn es dir recht ist."

Er nickt, in Gedanken schon weit weg.

„Was wirst du tun?", fragt sie im Gehen.

„Nachdenken. Es ist an der Zeit nachzudenken."

Wie ein fernes Echo hört er die Tür ins Schloss fallen. Er geht ins Büro und sieht das blaue Leuchten des Computer Bildschirms. Er klappt ihn zu und hebt das Gerät in die Höhe, als wolle er es auf den Boden werfen. Doch er beherrscht sich und stellt den Laptop zurück auf den Tisch. Nein, denkt er, ich bin eine Funktionsmaschine, die tun so etwas nicht. Sie agieren beherrscht, egal was passiert.

Sie will gehen, vielleicht ist es besser für uns beide. Wir haben uns schon lange nichts mehr zu sagen. Partner? Was für eine Illusion.

Er geht an den CD-Spieler und schiebt Albinonis Adagio ein. Meist beruhigt ihn dieses Stück, doch heute gelingt das nicht. Sie sollen es an meinem Grab spielen, denkt er. Feuerbestattung, die Urne im Wald, am Fuß eines mächtigen

Baums, und nur die engsten Freunde. Gibt es überhaupt noch welche?

****

Chang will den klaren Schnitt, als er Seger Monate später entlässt. So ist das, wenn die Zahlen nicht stimmen, denkt Seger. Nach Johns Tod hätte ich Acoustics abwickeln müssen, aber ich habe es nicht getan.

Er braucht ein Jahr, um wieder in Balance zu kommen. Danach knüpft er Kontakte zum Risikokapital und unterstützt die Gründung zweier Start-ups in der Bio-Medizin. Als ihn ein namhafter Kapitalgeber bittet, ein kleines, börsennotiertes Pharma-Unternehmen in Berlin zu führen, sagt er zu. Die Wohnung in München behält er. Man kann nie wissen, wie lange so ein Abenteuer, noch dazu in Berlin, gut geht, denkt er. Als er Einsicht in die Zahlen bekommt, merkt er schnell, dass das Unternehmen neues Geld braucht, wenn es überleben will. Dasselbe Spiel, dieselben schlechten Karten, denkt er, und macht er sich auf die Suche nach einem Investor.

München liegt noch im Nebel, als die Maschine abhebt. Über den Wolken taucht die Sonne die verschneiten Alpengipfel in ein Panorama aus gegossenem Silber. Der Winter kommt früh dieses Jahr, denkt Seger, doch eigentlich interessiert ihn das Draußen nicht. Beiläufig signalisiert er der Stewardess, dass er bis zur Landung nicht mehr gestört werden will. - Sam Gerkin, leitet jetzt den Fonds, kein einfacher Typ hat Galloway gemeint, denkt er. Und Bob

Rogers, den hat die Krise verschlungen. Soll mir egal sein. Galloway will eventuell zu dem Treffen mit Gerkin kommen, wenn er sich für eine Weile von seinem Golfplatz trennen kann, hat er gemeint.

Warum lade ich mir immer noch die Schultern voll? Ich könnte sofort aussteigen aus dem Hamsterrad. Das Geld, das mir Chang zum Abschied gab, reicht allemal für einen geruhsamen Lebensabend. Absurd der Gedanke. Nicht weniger absurd ist die Beziehung zu Jenna. Sie bietet mir ihren Körper, ohne auch nur anzudeuten, was sie damit erreichen will.

Er zieht den Schirm über die Augen, kippt die Lehne nach hinten und versucht zu schlafen.

Nach der Landung in New York nimmt er ein Yellow Cab in die Stadt. Ab der fünfzigsten Straße verdichtet sich der Verkehr und das Auto kommt nur noch im Schritttempo voran. Es werde eine Weile dauern bis zum Hotel, meint der Fahrer. An einer völlig verkeilten Kreuzung nimmt er den Weg durch den Diamond Distrikt, in der Hoffnung so schneller voran zu kommen.

Chassiden im Gehrock mit Filzhut stehen plaudernd in Hauseingängen, Männer mit randloser Brille und struppigem Bart. Sie verticken Steine für hunderte Millionen, denkt Seger. Die Leute tragen sie und protzen damit. Sie nehmen sie ab, wenn sie ins Bett gehen, zum Schlafen oder zum Sex. Jenna trägt keinen Schmuck, es gibt nichts abzulegen.

Sie gehen die Straße entlang, schneller als die Autos, die nur kriechend vorankommen. Jüngere Männer in schwarzen Anzügen, die Gesichter blass und leer, Männer, die nur Männer wahrnehmen. Seger fragt sich, ob sie immer noch ihre Geschäfte mit einem Handschlag abschließen, wie es in den Diamantenzentren Europas üblich war. Er sieht eine Frau, die bettelnd auf dem Bürgersteig sitzt, ein Baby im Arm. Wie festgewurzelt, denkt er, als wäre sie aus dem Beton gewachsen. Zwei afrikanische Männer tragen Schilder vor dem Bauch. Wandernde Litfaßsäulen. Hier liegen Slum und Schtetl nah beieinander, Feilscher und Klatschmäuler, Altwarenhändler und Verkäufer flüchtiger Gerüchte.

Das Auto bewegt sich voran, hält aber gleich wieder, aufgehalten durch den Rückstau an der Kreuzung 7th Avenue und Broadway. Stimmen werden deutlicher, erklingen über den Verkehr hinweg. Menschen rennen, die Vorhut einer Menge, die auf sie zukommt. Die Bürgersteige laufen über, ein riesiger Sarg aus Pappmaschee wird vorbei getragen. Tod den Spekulanten steht darauf.

Seger steckt den Kopf aus dem Seitenfenster, es braut sich etwas zusammen, denkt er.

„Leute vom Zuccotti Platz, Occupy", sagt der Taxifahrer in gebrochenem Englisch. Er verlässt die 7th Avenue, biegt in die 46te Straße ein und hält vor dem Hotel.

Mitten in der Nacht erwacht Seger und kann nicht mehr einschlafen. Die Zeitverschiebung macht ihm zu schaffen. Er schaltet den Fernseher an und zappt durch die Kanäle, aber die Hektik der Kommentatoren stößt ihn ab. Nach einem ausgiebigen Frühstück, die New York Times hat er achtlos zur Seite gelegt, meldet er sich am Desk eines Glaspalasts an der Park Avenue. Die junge Frau prüft den Besucher-Kalender und als sie seinen Namen gefunden hat streicht sie ihn aus. „Vierundzwanzigster Stock", sagt sie, und reicht ihm den Magnetschlüssel für die Einlassschranke. Vor 9/11 konnte man hier einfach durchmarschieren, denkt Seger, jetzt mauern sich alle ein, als ließe sich so das nächste Attentat verhindern.

Er passiert den Wachmann, hebt zum Gruß die Hand und nimmt den Aufzug nach oben. Die Empfangsdame des Fonds entschuldigt sich für Gerkins Verspätung und fragt, ob sie ihm etwas zu trinken bringen darf. Als Seger verneint, führt sie ihn in ein viel zu kaltes Besprechungszimmer. Vor ihm eine imposante Glaswand, dahinter das Häusermeer Manhattans im Licht der Herbstsonne.

Vor langer Zeit wollte ich hier leben, es war ein freies Land, doch nun scheint es auseinander zu driften, denkt er. Regiert von einem Präsidenten, der das Beste wollte und jetzt nur noch wie ein Getriebener wirkt. Was soll's, konzentrier dich auf deinen Kram. Du brauchst Geld, Mark, wer an den Schalthebeln der USA sitzt, kann dir egal sein. Ist es aber nicht. Während der Krise in den dreißiger Jahren haben sich hier Leute aus den Bürotürmen gestürzt, weil sie nicht mehr weiterwussten. Und heute, was hat sich eigentlich geändert? Die Abhängigkeit vom Geld? Bestimmt nicht. Das Streben nach Erfolg, den man nicht schätzt, wenn man ihn hat? Das

Abtragen von Schutt, der sich im Kopf angesammelt hat, und was kommt dabei hervor? Glück, Menschen, die sich in ihrer Bedarfslosigkeit nackt gegenüberstehen? Ist die Grundlage der menschlichen Zuneigung die Lüge? - Wie es wohl Nora geht mit ihrem neuen Mann? Es hat keinen Sinn sie anzurufen, während ich in New York bin. Die Kinder sind es, die uns noch irgendwie zusammenhalten. Wenn sie mich braucht, wird sie sich melden.

Eine Stunde über der Zeit stürmt ein kleiner drahtiger Mann ins Zimmer und reicht Seger die Hand. „Sam Gerkin", sagt er, und taxiert Seger, wie ein Tier, das es zu erlegen gilt. „Tut mir leid, die Stadt ist paralysiert. Ein paar Verrückte haben sich aufgemacht, um das Finanzsystem aus den Angeln zu heben. Als wäre das ein Kinderspiel, am besten man ignoriert sie. Ist aber nicht so einfach, wenn man wegen diesen Träumern stundenlang im Stau steckt."

„Es gab mir Zeit nachzudenken", sagt Seger.

„Ein seltenes Privileg. - Henry lässt sich entschuldigen, er konnte sich letztlich doch nicht durchringen, seinen geliebten Golfplatz zu verlassen. - Sie suchen Geld für Ihre neue Firma, hat er gemeint. Er hält übrigens große Stücke auf Sie. Wie haben Sie sich kennengelernt?" Gerkin schießt die Sätze hervor, als wolle er das Gespräch im Eiltempo hinter sich bringen.

Ich bin ihm lästig, denkt Seger. Galloway auf dem Golfplatz, und dieser Zwerg in Gedanken ganz woanders. Mich möchte er so schnell wie möglich wieder loswerden. Das wird nichts,

Mark, hier ist nichts zu holen: „Henry meinte, ich solle mit Ihnen reden."

„Wegen einer Kapitalerhöhung, nehme ich an?"

„Ja. Wir wollen die Produktlinie ausweiten, deshalb brauchen wir neues Geld für die Entwicklung", versucht er Gerkin trotzdem bei der Stange zu halten.

„Macht Sinn, aber Sie sind zur falschen Zeit am falschen Ort, Mark. Kennen Sie Malloff? Sein Sohn hat sich gestern umgebracht."

Wow, was für ein Einstieg, denkt Seger. Er lächelt, doch innerlich ist er bis zum Zerreißen gespannt. Ich wusste, auf was ich mich einlasse, jetzt muss ich es mit Anstand zu Ende bringen.

„Sie müssen wissen, Mark, ich darf Sie doch so nennen, dass wir gerade eine satte Summe bei Malloff in den Sand gesetzt haben. Jeff, Malloffs Sohn, war ein guter Freund von mir, und ich konnte trotzdem nichts für ihn tun", hört er Gerkin nur noch mit halbem Ohr.

„Unsere Zahlen liegen offen auf dem Tisch, sie sind klar und nachvollziehbar. Mit Malloff haben wir nichts zu tun", sagt Seger gereizt.

„Wir alle haben damit zu tun, es ist unser Geschäft." Gerkin setzt sich kerzengerade hin, als hätte er sich entschlossen, das Gespräch zu beenden: „Tut mir leid, Mark, ich kann hier keinen davon überzeugen auch nur einen Heller für Sie locker zu machen, egal, wie gut ihre Projekte sind."

Seger spürt, wie ihm der Schweiß den Rücken hinunterläuft. „Wir machen Gewinne, stehen vergleichsweise gut da", sagt er, noch nicht bereit das Handtuch zu werfen.

„Vergleichsweise. - Etwas Ähnliches hat Malloff auch bis zuletzt behauptet, und ein paar Tage später stand die Securities and Exchange Kommission vor der Tür. Jeff hat die Schande seines Vaters nicht ertragen. - Es tut mir leid, Mark, aber wir müssen eine Pause einlegen, bis klar ist, welche Wunden wir davontragen. Sie kommen einfach zum falschen Zeitpunkt."

„Wer weiß schon, wann der richtige Zeitpunkt ist", sagt Seger, steht auf und reicht Gerkin die Hand. Die Sache mit Malloff geht ihm unter die Haut, denkt er. Immerhin weiß ich jetzt, wie ich dran bin. Henry hätte mich vorwarnen können, dann hätte ich mir den Flug erspart. Aber was soll's, ihm ist sein Handicap wichtiger als die Nöte eines kleinen Unternehmens.

Als er auf die Straße tritt, ist die Luft lau und der Himmel von einer unwirklichen Bläue. Am liebsten würde er in diesen Himmel eintauchen und verschwinden. Der Verkehr brandet an ihm vorbei, doch er nimmt ihn kaum wahr. Er entschließt sich, zu Fuß ins Hotel zu gehen, und auf einmal steht er vor der Atlas Statue am Eingang des Rockefeller Center, wo er schon einmal stand, als er sich mit Schulze in New York traf. Damals ging der ganze Wahnsinn los, denkt er.

Er fühlt sich hungrig und erinnert sich an das Restaurant im Untergeschoss des Rockefeller Center, von wo er den

Kunsteis-Ring sehen kann. Die Pirouetten drehenden Tanzpaare werden mich ablenken, denkt er.

Nach dem Essen lässt er sich treiben und landet am Zuccotti Park. Sie malen immer noch ihre Protestschilder, denkt er lächelnd. Ein Touristenbus mit offenem Verdeck schleicht vorbei. „All day all week, occupy Wall Street", schreit ihnen einer der Malenden entgegen. „None are more hopelessly enslaved than those who falsly believe they are free." Goethe, steht verschämt am unteren Ende des Plakats, das ihm eine junge Frau entgegenhält.

****

Zurück in Berlin findet er in seiner Wohnung die Nachricht eines Beamten des Verfassungsschutzes vor. Ein Robert Grundel, der sich als Freund Jennas ausgibt, bittet um ein Gespräch. Seger ruft ihn an und vereinbart den Termin für den nächsten Tag. Er parkt das Auto vor einem gesichtslosen Gebäude aus Beton, geht zum Empfang und lässt sich von einer Hilfskraft in Grundels Büro führen.

„Robert Grundel", sagt der Beamte.

„Habe ich gelesen. Ihr Namensschild ist nicht zu übersehen. - Anscheinend haben wir eine gemeinsame Freundin", sagt Seger kalt. „Als ich mich bei Jenna über Sie erkundigte, meinte sie, das könne ich Sie ja selbst fragen."

„Möchten Sie etwas trinken?", fragt Grundel, wobei er ihn spöttisch ansieht. „Freundin würde ich es nicht nennen."

„Wie würden Sie es denn nennen?"

Grundel lehnt sich zurück, stützt die Ellenbogen auf den Tisch und beginnt mit dem Zeigefinger seine Unterlippe zu massieren. Die ganze Zeit lässt er Seger nicht aus den Augen. „Ich bestelle uns etwas zu trinken. Einverstanden? Ich wollte Sie nur etwas fragen, und eigentlich hatte ich nicht damit gerechnet, dass Sie kommen würden. Jetzt, da Sie da sind.... Ist Wasser ok?"

Seger nickt zur Bestätigung. „Was wollen Sie denn wissen?"

„Jenna hat ein Problem, von dem sie noch nichts weiß. Ein ehemaliger Kollege ihres Vaters wurde in Afrika entführt. Jemand muss in eines der Flüchtlingslager im Norden Kenias fahren, um ihn freizukaufen. Dazu müssen umfangreiche Vorkehrungen getroffen werden, damit dieser Jemand wieder lebendig zurückkehrt. Mit dem Kollegen von Jennas Vater im Schlepptau, hoffentlich", fügt er lachend hinzu. „Ich dachte ursprünglich an Jenna, die kann so etwas, aber sie neigt dazu, sich zu überschätzen. Lange Rede kurzer Sinn, ich bin auf der Suche nach einem Sponsor, dann fahre ich selbst. Über das Amt lässt sich so etwas nicht machen."

Seger hätte am liebsten laut aufgelacht. „Und da fragen Sie ausgerechnet mich?"

„Warum nicht? Sie schlafen mit ihr."

„Sie meinen, das reicht? Ich will mit den Machenschaften von Jennas Vater und der ganzen alten DDR nichts zu tun haben. Ich helfe dabei, den Osten zu stärken, aber mit irgendwelchen alten Rechnungen will ich nichts zu tun haben. - Warum fragt mich Jenna eigentlich nicht selbst?"

153

Grundel wiegt mit dem Kopf, als wolle er andeuten: Das weißt du doch. „Das würde sie nie tun, und ich möchte auch nicht, dass sie von unserem Gespräch erfährt."

„Ist das eine Erpressung?"

„Was für ein hässliches Wort. Ich dachte eher an eine freundliche Geste von jemand, der so viel Geld hat wie Sie."

Seger schüttelt irritiert den Kopf: „Ich verstehe gar nichts."

Grundel überlegt eine Weile, als frage er sich, ob es einen Sinn hat, Seger einzuweihen. „Es ist eine lange Geschichte, ich müsste sehr weit ausholen. Haben Sie Zeit?"

„Natürlich, es geht um Jenna, oder etwa nicht?"

„Indirekt, ja. - Also gut. - 1982 arbeitete Jennas Vater als Journalist in der Bundesrepublik. Gleichzeitig belieferte er die Amerikaner mit Material, das ihm die Stasi zugespielt hat. Er drohte enttarnt zu werden, also ging er zurück in die DDR und lebte dort unter anderem Namen."

Das war zur selben Zeit, als mich Goodman anwerben wollte, denkt Seger. Der Typ im Army Navy Klub erwähnte einen Journalisten, der ihm ‚abhanden' gekommen war. Es wäre absurd… . Etwas aufmerksamer hört er zu, wie Grundel weiterredet.

„Jenna kam in der DDR zur Welt, sie war noch klein als sich der Staat in die Geschichte verabschiedete." Grundel lacht gehässig, als hätte er kein Problem damit.

„Und was hat das alles mit mir zu tun?", fragt Seger.

154

„Langsam, es kommt noch. - Vielleicht sollten wir doch einen Kaffee trinken, nicht dass Sie mir abspringen, bevor ich die ganze Geschichte erzählt habe."

„Ok."

Grundel wählt eine Nummer und bestellt zwei Espresso. „Espresso auch ok?"

„Auch ok."

„Jennas Vater war clever, dachte, er hätte seine Spuren unauffindbar verwischt, aber das stimmte nicht", fährt Grundel unbeirrt fort. „Nach dem Mauerfall konnte er nicht mehr so weitermachen wie zuvor, also übernahm er mit Hilfe der Treuhand ein marodes DDR-Unternehmen, sanierte es und brachte es an die Börse. Dasselbe Unternehmen, in dem Sie heute Geschäftsführer sind."

„Und warum hat er sich umgebracht?", fragt Seger jetzt hellwach.

„Während des Börsengangs kam heraus wer er wirklich war, eine weitere Volte ertrug er wohl nicht."

„Hm, und Jenna, was hat sie damit zu tun, außer, dass es ihr Vater war?"

„Hier ist der Kaffee. - Riecht gut, nicht wahr. Es ist das einzige Privileg, das ich hier habe. Die Maschine musste ich mir erstreiten, selbst bezahlt", lacht er. „Aber jetzt zurück zu Jennas Vater, dazu muss ich weiter ausholen. Ich weiß nicht, weshalb er sich tötete, es gab eigentlich keinen triftigen

Grund. Die Verhältnisse hatten begonnen sich zu stabilisieren, und das Unternehmen stand nicht schlecht da. Warum sonst hätten Sie sich daran beteiligt."

„Sie scheinen gute Quellen zu haben."

Grundel zuckt mit den Schultern und lächelt vielsagend. Eine Antwort bleibt er schuldig.

„Dem Unternehmen ging es nicht gut, Sie täuschen sich", sagt Seger. „Jennas Vater muss erkannt haben, dass es sich nicht länge lohnte dafür zu kämpfen. Es waren, wenn überhaupt, seine Kunden, seine Anleger, die ihn zu Fall brachten. Ihre Spekulationen, Herr Grundel, gehen in die falsche Richtung. Er war es leid, wie ein Lakai des Kapitals behandelt zu werden."

„Auch eine Sicht der Dinge", sagt Grundel und grinst unverschämt. „Aber lassen wir das. Streit darüber bringt nichts. Er ist tot und kann sich nicht mehr wehren, egal welche Deutung sein Leben im Nachhinein bekommt. - Eigentlich habe ich Sie aus einem ganz anderen Grund um ein Gespräch gebeten. Es hat nur indirekt mit Jennas Vater zu tun. Und ich glaube kaum, dass Jenna damit einverstanden wäre, wenn sie von unserem Gespräch wüsste."

„Das haben Sie schon gesagt."

Grundel zuckt mit den Schultern, als wäre das nicht so wichtig. „Ich weiß, dass Ihr Unternehmen frisches Geld braucht. Möglicherweise könnte ich dazu beitragen, Ihnen bei der Beschaffung zu helfen. Ihre amerikanischen Freunde sind auch nicht mehr so berechenbar, wie früher. Sie konzentrieren sich zunehmend auf sichere Anlagen und die Spieler wechseln im Monatsrythmus. Aber das wissen Sie ja selbst. Und zu guter Letzt, Ihr Partner in Brüssel ist auch nicht mehr der Jüngste. Es wird Zeit für Sie, Ihr Netzwerk neu aufzustellen."

Was redet der überhaupt, denkt Seger. Er nimmt die Karaffe, die eine Helferin auf den Tisch gestellt hat, und schenkt sich Wasser ein. „Und was ist, wenn Ihr ganzes Gerede nur eine Falle ist, um mich aus der Reserve zu locken?"

Grundels Augenbrauen zucken nur kurz nach oben. „Ich halte nichts von Fallen. Sie sind unsicher, und man läuft Gefahr sich darin zu verheddern", sagt er gelassen. „Lange Rede, kurzer Sinn, ich will mich verändern."

Er sucht einen Job, denkt Seger erleichtert. Hätte er auch gleich sagen können, dann wären wir längst fertig. Ich kann Schlapphüte nicht ausstehen, schon gar nicht, wenn sie sich so wichtig nehmen wie dieser Typ. „Was hält Jenna davon, dass Sie sich verändern wollen?"

„Sie weiß nichts. Zu gegebener Zeit werde ich es ihr aber sagen."

„Und wenn ich Ihren Vorschlag ablehne?"

„Dann müssen Sie eben weiter schauen, wie Sie an Geld kommen. Aber das dürfte nicht so leicht sein, wenn die wahre Geschichte ihres Unternehmens ans Licht kommt."

Seger lacht laut auf. Er fühlt sich ungeheuer überlegen, ohne zu wissen warum. „Sie hatten eine Affäre mit Jenna, nicht wahr?"

„Das geht Sie nichts an."

„Sie ist wählerischer geworden, stört Sie das?"

Grundel sieht Seger lange an. Sein Gesicht verhärtet sich. „Sie haben nichts kapiert", sagt er scharf und steht auf. „Ist wohl besser, es kommt jetzt zur Sprache: Ich arbeite nicht gern mit Amateuren."

„Verständlich. Ich darf also wieder gehen, wenn das alles war?", fragt Seger gelassen.

„In meinen Augen waren Sie nie hier."

Seger nickt und strahlt Grundel an, als wäre der sein bester Freund. „Wie wär's, wenn wir alles noch einmal sacken lassen? Sie wollen nicht, dass ich mit Jenna rede, aber das kann ich nicht versprechen. - Sie scheinen, wenn ich Sie richtig verstehe, mehr über ihren Vater und die Firma zu wissen, als das, was die nackten Zahlen hergeben."

„So kann man es sehen. - Übrigens, die Akte von Jennas Vaters könnte ich verschwinden lassen, falls wir uns einigen."

„Und warum wollen Sie ausgerechnet jetzt die Seiten wechseln?", fragt Seger im Aufstehen.

„Weil ich müde bin zuzusehen, wie Millionen, manchmal Milliarden an mir vorbeirauschen. Ich möchte mitspielen und habe mich entschieden."

„Gegen alles, was Ihnen etwas bedeutet?"

Grundel zuckt nur mit den Schultern.

Zurück in der Firma geht Seger das Gespräch mit Grundel nicht aus dem Kopf. Er wandert im Büro auf und ab und sieht lange auf den Teltowkanal, als könne er von dort eine Antwort erhalten. In diesem Wasser wurden Leute erschossen, als sie einem gnadenlosen System entkommen wollten. Und ich wäre fast aus Versehen, damals in Washington DC, in diesem Irrsinn gelandet, der von sich glaubte die neue Welt zu sein, denkt er.

Irgendwann hält es ihn nicht mehr im Büro. Die Mitarbeiter sind längst gegangen und die Sekretärin hat sich auch verabschiedet. Er geht ins Besprechungszimmer und setzt sich vor das Bild der Gründer der Firma. Jennas Vater ist einer davon. Seger fragt sich, was er getan hat, dass er ins Visier des Verfassungsschutzes geriet. Irgendeinen triftigen Grund muss es geben, dass mich dieser Grundel einbestellt hat, denkt er. Die Spionage Tätigkeit von Jennas Vater, wie es dieser Typ im Army Navy Club andeutete, kann es nicht sein. Wen interessiert das heute noch, es ist lange her.

Jenna hat so Andeutungen gemacht, aber dann nicht weiter ausgeholt. Sie ist ein rational denkender Mensch, ihr Vater hätte sich keinen ehemaligen Agenten an Bord geholt, wenn er die Wahl gehabt hätte. Wer weiß, welches Spiel Grundel und Jenna mit mir treiben? Grundel scheint mehr über mich zu wissen, als ich über ihn. Wenn ich ihn zurückweise, macht er mir das Leben schwer. Und wenn ich ihn als Partner ins Boot hole, wirft er mich auf offener See ins Meer. Habe ich überhaupt eine Wahl, wenn ich nicht will, dass alles zusammenbricht? Er legt die Beine auf den Konferenztisch und lässt das Gespräch mit Grundel noch einmal im Kopf ablaufen. Ich muss auf die Zwischentöne hören, denkt er.

Nach einiger Zeit geht er zurück und schließt den Schreibtisch ab. Er ist müde, fühlt sich wie ein Ballon, dem die Luft entweicht. Dann nimmt er den Mantel und verlässt das Büro. Die Halle ist leer und das Licht bereits auf Notbeleuchtung. Während er auf den Aufzug in die Tiefgarage wartet, denkt er an Terror, Männer, die ihn am Auto erwarten könnten, um ihn in die Luft zu jagen. Beim Öffnen der Aufzugstür schnappt er für einen Moment nach Luft. Unten, auf dem Weg zum Auto, vermeidet er sich umzudrehen.

Als er Jenna von dem Gespräch mit Grundel erzählt, wehrt sie ab. Sie will nicht über ihren Vater reden und verweist ihn erneut an Grundel, der wisse mehr, denn alles was er von ihr zu hören bekäme wäre nur Bitterkeit.

Und auf keinen Fall wolle sie nach Afrika, einen ominösen Freund ihres Vaters aus den Klauen von Terroristen befreien. Wie komme Grundel überhaupt auf die Idee. „Hat er dir überhaupt den Namen des Manns genannt?", fragt sie trotzdem nach.

„Gustavo Costa", sagt Seger, und registriert verwundert, wie ihre Augenbrauen nach oben schnellen. Doch sie hat sich sofort wieder unter Kontrolle.

„Sprich mit Grundel", sagt sie nur. „Vermutlich handelt es sich um den Sumpf, dem Vater nicht mehr entkommen konnte."

Für ein weiteres Gespräch schlägt Seger das Sagrantino in der Nähe des Gendarmenmarkts vor. Er ist wenig überrascht, als Grundel sofort zustimmt.

Nach ein paar unverbindlichen Worten über Jenna beginnt Grundel sofort eine krude Weltsicht auszubreiten, die er glaubt allein zu besitzen. Die Welt eines Zynikers, denkt Seger. „Ich dachte, wir reden über Jennas Vater", versucht er Grundel zu fokussieren.

„Da komme ich noch drauf. Zuerst muss ich Ihnen aber meine Sicht auf das heutige Europa erklären. Ich spüre da eine gewisse Skepsis bei Ihnen", sagt Grundel mit überlegenem Lächeln. „Die Demokratie sei die ideale Staatsform, heißt es, dabei ist es nur noch ein krankhaftes Gezänk. Ein Gladiatorenkampf um die Macht. Nach der Wahl erwarten die Sieger, dass der Wähler sich in die politische Bedeutungslosigkeit zurückzieht. Dass er wieder zur manipulierbaren Masse wird, der die Mattscheibe Gut und Böse lehrt. Das führt zu einer illusionären Selbstbefriedigung an den Nachrichten der Welt. - Jennas Vater hat mir die Augen geöffnet, jetzt sehe ich klar, was um uns herum abläuft. Aber er musste es mit dem Leben

161

bezahlen, oder glauben Sie wirklich er habe sich umgebracht?", schiebt er dazwischen, und sieht misstrauisch auf Seger.

Als der schweigt, sprudelt Grundel einfach weiter. Die Wörter beginnen sich zu überschlagen, je mehr er sich hineinsteigert: „Nur der, der Mangel leidet, lehnt sich auf, wird widerspenstig und schwer kontrollierbar. Hier liegt der einzige Schwachpunkt eines unfreien Systems. Die Masse muss ununterbrochen gefüttert werden. Wie sehen Sie das?"

„Mir scheint, Sie werfen alles in einen großen Kübel, und rühren darin herum, bis nichts mehr zusammenpasst. Trotzdem würde ich gerne Jennas Vater dazu hören, aber das geht ja wohl nicht mehr."

„Stimmt, aber deshalb bin ich ja hier. Und dieser Mann, in dem afrikanischen Flüchtlingscamp, Gustavo Costa, denkt genauso wie Jennas Vater, und auch ich. – Was hat sie gesagt?"

„Sie will nicht über Costa reden. Das Kapitel sei abgeschlossen, und die Erinnerung an ihren Vater erzeuge nur Bitterkeit."

„So", sagt Grundel und redet einfach weiter: „Sehen Sie sich die USA an, sie sind zerrissen wie nie zuvor. Endlich formiert sich eine Auflehnung gegen staatlich verordnete Spielregeln, wie unbegrenztes Wirtschaftswachstum, Konsumzwang und absolute Fortschrittsgläubigkeit. Ha, endlich", mit der flachen Hand schlägt er sich gegen die Stirn, als könne er nicht glauben, wie lange es gedauert hat.

„Die Menschen suchen einen Ausweg aus dem kritiklosen Regiert-Werden. Aber solange Sozialismus oder Kommunismus als diktatorische Staatsgebilde verstanden werden, ist es nutzlos sie als Alternativen anzubieten. Es gibt bessere, weniger mit Blut und Ängsten belastete Worte. Umverteilung, Bodenreform, Mitbestimmung, Fortschrittsgläubigkeit. All das braucht keine ideologische Zwangsjacke. Selbstverständlich sollen diese Forderungen klingen, und sind doch manipulativ."

„Und all das glauben Sie wirklich?"

„Ja, ich bin fest davon überzeugt, dass wir eine Weiterentwicklung des Bewusstseins brauchen. Wo der Staat gestärkt und all jene ausgespielt haben, die die Titelseiten der Groschen-Blätter mit Geifer beschmieren." Erschöpft lehnt sich Grundel zurück und sieht gespannt auf Seger, als erwarte er eine Reaktion.

„Sind Sie fertig?", fragt der gelassen. „Ich verstehe immer noch nicht, was das alles mit Jennas Vater zu tun hat."

„Er war unser Guru. Er hat mich zum Verfassungsschutz gebracht, damit ich herausfinde, wie das System von innen heraus zersetzt werden kann. Und Gustavo ist einer von uns. Er ging nach Ostafrika um zu lernen, wie die Aufständischen dort operieren. Irgendetwas muss schiefgelaufen sein, und ich muss herausfinden was."

Was passiert hier gerade, denkt Seger. Es hat nichts mit Jenna zu tun, sie hat sich seit langem von ihrem Vater losgesagt. Aber dieser Grundel, hält er mir gerade den

Spiegel vor? In dem ich den jungen Mann sehe, der sich aufgemacht hatte die Welt zu erkunden? Dabei ist Selbstbeschränkung die wahre Freiheit, aber das lässt sich schwer vermitteln, schon gar nicht an einen wie Grundel.

Ich sollte gehen, wollte eigentlich nur wissen wer Jenna ist, und jetzt höre ich mir diesen Irrsinn an. „Ich glaube, Herr Grundel, ich kann Ihnen nicht helfen. Sie müssen alleine herausfinden, was mit Costa passiert ist. Vermutlich ist er nicht mehr am Leben."

„Das ist gut möglich. Aber einen Versuch war es allemal wert, Sie ins Boot zu holen."

„Ihr Boot ist voll", sagt Seger, winkt dem Kellner und begleicht die Rechnung.

Auf der Fahrt zurück in seine Wohnung befällt ihn tiefe Müdigkeit. Vielleicht hat mir der Typ ganz beiläufig den Empfänger abgestellt, denkt er. Nichts, was mich am Laufen hält zählt. Keine Werbeslogans mehr, keine gefälschten Statistiken, keine manipulierten Zeitungen, Fakt und Fiktion verschwimmen zu einem undefinierbaren Brei. Jenna, ist es Liebe, wie sicher kann ich mir sein?

Abschied

Lange haben sie sich ein Kind gewünscht, doch jetzt mit vierzig hat Regula die Hoffnung aufgegeben, und ihr Mann, Magnus, hat sich längst an seinen Job verloren.

Nach einem weiteren sprachlosen Abendessen in ihrem üblichen Restaurant findet Regula den Hausschlüssel nicht in der Handtasche. Einen Ersatzschlüssel hat sie sicherheitshalber in einem Hohlraum neben dem Haus versteckt. Als sie hineingreift hört sie das Zischen. Im fahlen Licht der Eingangstür sieht sie die Schlange, aufgerichtet, als ersuche sie Regulas Zustimmung.

„Was ist?", fragt ihr Mann, als er ihren Schrei hört.

„Eine Schlange, sie hat mich gebissen."

Sie fahren sofort ins Krankenhaus, wo sie ein Gegenserum erhält, das gut anspricht.

Monate später ist sie schwanger, ohne sich erinnern zu können, mit einem Mann geschlafen zu haben.

Es wird ein kräftiger Junge, sie taufen ihn Daniel, wie jenen aus der Grube, den auch nur ein Wunder vor den Löwen gerettet hat. Doch Regula spürt eine unerklärliche Distanz zu dem Kind. Vor allem, wenn sie es stillt, fragt sie sich, ob durch die Schlange eine Art Befruchtung stattgefunden hat. *Rosemaries Baby*, geht ihr nicht aus dem Kopf. Mit Magnus kann ich nicht darüber reden, denkt sie, er würde mich für verrückt halten.

Gelegentlich schaut sie bei Maria vorbei, die ein kleines Restaurant in der Altstadt betreibt. Sie ist alles, Köchin, Managerin und Therapeutin in einem. Außerdem für die Nöte der Nachbarschaft zuständig. Mit ihr, denkt Regula, werde ich reden können, wenn es so weit ist.

Der Winter ist noch einmal zurückgekommen, so kalt, dass Maria die Klappe über der Eingangstür schließen muss. Regula und ein junger Mann sind die einzigen Gäste im Lokal, sie reden über Apulien, der Heimat Marias.

„Gut", meint Maria, „dass ihr das Haus nicht genommen habt, mit dem Jungen hätte es sowieso nicht gepasst. Und in Frau Barthels Kopf hat meine Frage, ob sie vielleicht an euch vermieten würde, eine kleine Tragödie ausgelöst. Plötzlich bekam sie Angst, dein Mann könnte vom Finanzamt sein, ein hochgestellter Beamte, der sie wegen ihrer gelegentlichen Nebeneinkünfte verfolgt. Absurd, aber so sind die Menschen."

„Ja, so sind sie", sagt der junge Mann. „Maria, können wir am Donnerstag bei dir essen, möglichst nach 8 Uhr. Ich bringe meine neue Freundin mit, sie ist Sizilianerin."

„Sizilianerin? Und ich soll sie begutachten?"

„Mich beraten. Sie sieht aus wie du". Er meint es als Kompliment.

„Was soll ich tun? Ich kenne keine Sizilianer."

„Einfach normal mit ihr reden." In der Tür winkt er verschämt in Regulas Richtung, als müsse er sich entschuldigen.

„Macht er das immer so?", fragt Regula verblüfft, als er gegangen ist.

„Manchmal, wenn er glaubt, dass es ernst ist. Er hat einen hohen Verschleiß", sagt Maria, und wendet sich einem Mann zu, der mit einem halb gegessen Döner in der Hand eintritt und nach einer Cola fragt. „Hier gibt es keine Cola, nur drüben bei Mac Donalds", sagt sie.

„Aber Oliven haben Sie, die im Glas", weist er auf die eingelegten schwarzen Oliven auf dem Tresen. „Kann ich ein paar davon haben?"

„Gerne. Wo kommen Sie her?" Maria nimmt eine Schale, füllt sie mit Oliven und reicht sie dem Mann.

„Kann ich mich setzen?", fragt der, und steckt ein paar der Oliven zwischen den Döner. „Ich bin Libanese, verheiratet mit einer Deutschen, aber mein Deutsch ist nicht gut. Englisch kann ich besser. - Die Oliven schmecken etwas scharf. - Wo kommen Sie her?"

„Italien", sagt Maria.

„Und Sie", fragt er Regula.

„Aus den USA, aber ich lebe schon lange in Deutschland."

„USA, da möchte ich auch hin, aber meine Frau will hierbleiben."

„Gehen Sie lieber nach Palermo, da sind Sie näher an zuhause", lacht Maria.

All diese Leben, denkt Regula. Mein Mann, der Erfolg hat, aber jetzt daran zu verzweifeln droht. All diese gebrochenen Biografien, ist es Scheitern oder nur Ausdruck eines vollen Lebens? Was ist mit den Lügen, den Affären, den ungelebten Träumen, die sich im Unterbewusstsein verstecken.

Und wer bin ich? Das Mädchen, das die Kindheit auf einer Farm im Mittleren Westen verbrachte? Die Erinnerung an die blutspritzenden Hälse der geköpften Hühner, die im Tod noch bis in die Höhe des Hausgiebels flogen. Der Wärme einer sonnengetränkten Holzwand, und dem Rot der Sonne, das durch die geschlossenen Augenlider dringt. Bin ich ein Teil Afrikas, geprägt vom Geruch der Tropen, der mich nie mehr verlässt, seit ich für ein paar Monate in Ghana während der Cholera aushalf? Sind es die Geräusche fremder, schwerer Nächte, die in mir nachhallen? All das gehört zu mir, es ist mein Leben, nicht arm, nicht groß. Warum nur glaube ich, dass ich mit Maria reden könnte, über Daniel, nur weil ich mir nicht sicher bin, ob Magnus der Vater ist?

Ich werde mit Magnus reden, vielleicht sind wir doch noch nicht am Ende unserer Gemeinsamkeit. Aber er wird mich nicht verstehen, wird alles abtun als Kleinkram, eine vorübergehende Verstimmung, die von allein weggeht.

****

Kein Versteckspiel mehr, keine Lügen, keine Ekstase, alles weg, verwandelt in Asche, verzerrt und neu verpackt, wie ein

Fotoalbum, das langsam ergraut, dessen Farben verblassen, bis sie zu einer vagen Erinnerung geworden sind, denkt sie, als sie das Glas Rotwein vor Magnus stellt. „Wir müssen reden", sagt sie.

„Über was, meine Liebe?"

„Über uns, unser Leben, unsere Ehe."

„Jetzt? Ich bin müde. Der Tag in der Firma war hart."

„Das sagst du schon lange. Für mich zu lange. Merkst du nicht, wie wir an einem seidenen Faden hängen, der auszufransen beginnt. Ich will nicht, dass er reißt. Ich will, dass wir den Rest an Kraft, die in diesem Faden steckt, in Freundschaft verwandeln. Ich will dich küssen, ohne zu begehren. Das ist doch eine ganze Menge".

„Eine ganze Menge?"

„Ich will nicht, dass der Faden reißt".

„Wir sind keine Marionetten".

„Aber wir leben von Metaphern. – Ich war bei Maria."

„Schön, wie geht es ihr?"

„Gut, aber das ist es nicht, was ich Dir sagen will. – Da war ein junger Mann, der Maria seine sizilianische Freundin vorstellen wollte, weil er unsicher war, ob die Beziehung mehr ist als eine flüchtige Liebschaft. Und dann kam noch ein Mann ins Lokal, du weißt, es ist nur ein Zimmer. Er wollte eine Cola, eine Cola bei Maria", lacht sie.

„Warum erzählst du mir das?", fragt er, jetzt aufmerksam. Den Rotwein hat er noch nicht angerührt.

„Weil es mich an uns erinnert hat. An dich, als du in New York in unser Krankenhaus kamst, wo ich als junge Ärztin arbeitete. Ich war erst vor kurzem in die Stadt gekommen. Du hattest dir eine Nierenkolik eingefangen, und versucht, die Schmerzen zu ertragen, aber die sind nicht ertragbar ohne Hilfe. Ich war trotzdem sehr beeindruckt von diesem Europäer, den sein Job zu uns in die USA geweht hatte."

„Was willst du mir sagen, Regula?"

„Dass wir von Bildern leben, die wir abrufen können, wenn es uns schlecht geht. Und mir geht es schlecht."

„Glaubst du wirklich, dass Dir Bilder helfen können, um aus Deinem Tal heraus zu kommen?"

„Ja, ganz bestimmt."

„Das sagst du so leicht. Aber es sind deine Bilder, meine sind anders. Bei mir gibt es keinen Faden. Gerüche, Lust, ja, aber keinen Faden. Dich ansehen, wenn du liest. In einer Welt mit dir zusammen sein, das sind meine Bilder."

„Meine auch, aber sie werden schwächer, verblassen. Ich glaube, ich muss für eine Zeit zurück in die USA. Ich brauche die Sprache, den Geruch, die Hektik, all das Absurde selbst erleben, das es heute dort gibt, nicht nur in der Zeitung darüber lesen. Ich möchte für eine Weile nach New York gehen. - Es war sehr lange…".

„Länger als wir dachten. Wir haben Daniel, unsere Ehe ist keine flüchtige Begegnung im Park, wo jemand vorbei geht und man sich fragt, wie es wäre mit dieser Person eine Weile zusammen zu sein."

„Denkst du das manchmal? Ich denke so etwas nie. Ich habe immer nur an dich gedacht, es gab niemand sonst. – Daniel wird es verstehen, wenn wir es ihm erklären. Und er ist dein Sohn, war es immer, das weiß ich jetzt ganz bestimmt."

„Warum sagst du das?"

„Weil ich mir nicht sicher war. Ich dachte es hätte etwas mit dem Schlangenbiss zu tun. Du erinnerst dich. Wir hatten lange versucht ein Kind zu bekommen, aber es klappte nie. Dann beißt mich eine Schlange, sie finden das richtige Gegenserum und plötzlich werde ich schwanger. Es kam mir so unwirklich vor."

„Du spinnst."

Ich wusste, dass er das sagen würde, denkt sie. „Daniel wird verstehen, dass ich eine Auszeit brauche."

„Gut möglich, vielleicht auch nicht."

„Möchtest du, dass ich bleibe?"

Er nimmt einen Schluck Wein, zögert die Antwort hinaus, als ringe er mit sich, was das Beste ist, für sie, für die Familie. „Nein, ich glaube es ist besser, wenn du für eine Weile gehst. New York ist die richtige Stadt für dich. Daniel und ich kommen klar hier, irgendwie. Wo wirst du wohnen?"

„Bei Nancy für ein paar Tage, dann finde ich etwas Eigenes. - Du willst mich schonen".

„Warum schonen? Du hast doch diesen Faden im Kopf."

Und dann war es wie immer. Oder doch nicht. Vielleicht schon der Beginn von Anders. Die Art, wie sie die Haare zurückstrich, gleichzeitig den Abschied hinauszögernd, als wolle sie, dass alles bleibt wie früher, wissend, dass es kein Zurück mehr gab.

****

Als Magnus in ihr Haus tritt ist er verwirrt. Eine verwinkelte Stiege im Gang, mit verrottenden Äpfeln unter dem Treppenlauf. Das Esszimmer im Umbau. Ihre Kinder, Mädchen beide, neugierig, wie kleine Orgelpfeifen aufgereiht. Kinder eines guten Mannes, einer guten Frau, die sich einem Abenteuer hingeben will. Die Ablenkung braucht von ihrem Vorort-Leben, alles geregelt, wohlhabend, sorgenfrei.

Warum er sie zum Essen einlud weiß er nicht mehr. Er war überrascht, als sie akzeptierte.

Sie plaudern entspannt über Gott und die Welt, bis sie ihm gesteht, dass sie sich schon eine Weile zu ihm hingezogen fühlt. In seiner Wohnung will sie ihn haben, schnell, konzentriert, ohne große Worte, nur konzentrierte Hingabe.

Wie Regula, denkt er, als wir uns noch geliebt haben. Was für eine Chance hätte ich gehabt, wenn ich sie gebeten hätte zu bleiben? Vielleicht war es doch die Schlange, die uns auseinandertrieb. Ich hätte besser zuhören sollen.

Es sind die Verheirateten, denen die Zeit davonläuft, die sich nehmen, was sie kriegen können, geht ihm durch den Kopf, als er entspannt neben der Frau liegt. Sie hat vermutlich andere Affären neben mir. Wie viele Liebhaber schafft eine Frau gleichzeitig, ohne sich zu verheddern?

Und dann, wie aus dem Nichts, die Nachricht: ‚Es ist nicht vorbei‘, Befehl und Bitte zugleich. Er antwortet umständlich und kryptisch, versucht zu erklären, was er glaubt erklären zu müssen. Aber es wird nur verwirrender, weil es eben so ist, wie es ist.

****

Regula schlingt den Pelzkragen enger um den Hals, als sie dick verpackt gegen den rauen Januar Wind vor dem MOMA steht. Sie denkt an den Mann, den sie vor ein paar Tagen in einer Bar traf und jetzt erneut im Museum treffen wird. Er ist aus Südafrika, zu Besuch in New York, auf der Suche nach Kapital für seine Firma. Wie Magnus, hatte sie gedacht, der war auch dauernd auf der Suche nach Geld.

Er hatte sie auf einen Drink an der Hotel-Bar eingeladen. Sie akzeptierte ohne groß zu überlegen, und dann redeten sie stundenlang. Nach Mitternacht, meinte er, es wäre Zeit zu gehen. Er beglich die Rechnung und erwähnte eher beiläufig die Nummer seines Zimmers.

Sie trank aus und fragte sich, wie es wäre mit diesem Mann länger zusammen zu sein. Sie nahm den Pelzmantel, den sie achtlos neben ihren Stuhl gelegt hatte, und auf dem Weg zum Aufzug dachte sie an Daniel, ihren Sohn. Acht Stockwerke fuhr der Aufzug, sie hatte alle Zeit umzukehren, aber sie tat es nicht. Daniel wird es nie erfahren, egal, was passiert, dachte sie, als sie an die Tür des Mannes klopfte.

In seinen Augen lag kein Triumpf, eher Dankbarkeit für ein Geschenk, das sie bereit war zu geben. Sie merkte sein Begehren, als sie den Mantel fallen ließ und er sie an sich drückte. Ohne Scheu, begann er sie zu entkleiden. Sie wollte ihm helfen, aber er hielt sie so eng an sich gepresst, dass sie kaum atmen konnte. So geht das nicht, lachte er.

Warum tue ich das, hatte sie gedacht, als er in sie eindrang. Ich bin keine junge Frau mehr, die das Neue sucht. Ist es Anziehung, ein Sehnen nach etwas Unerreichbarem? Altersliebe kann es nicht sein, dazu kenne ich ihn zu wenig. Lust, oder doch nur das vorsichtige Abtasten einer Person, deren Nähe mich entspannt? Ist es Freiheit oder nur das Abenteuer zweier Menschen, die sich nie mehr sehen werden? Oder ist es bereits der Schwanengesang einer alternden Frau, die sich vor dem Sterben fürchtet? Nein, ich habe keine Angst davor alt zu werden, eher vor der Routine, der Langeweile, der Irrelevanz der eigenen Existenz. Also doch ein Klammern an das Leben?

****

Auf was warte ich, denkt er? Auf das Gespräch danach, das Halten der Wörter, dieses Abwägen, weil sie so fremd ist, und doch so vertraut, anders vertraut, als alle anderen zuvor? Ist es das Taktile, ihre Art zu denken, wie sie sich hingibt? Ich weiß nichts von ihr, und doch beschäftigt mich das Wenige außerordentlich. Sie ist nicht jung, macht sich Sorgen um ihr Alter. Nur was bin ich für sie? Ein Schönredner, ein Objekt der Begierde wohl kaum. Sie sagt, sie weiß es nicht. Ich weiß es auch nicht. Mein Platz ist nicht New York, ich gehöre nach Südafrika.

Als sie bereit ist zu gehen, meint er, dass er noch eine Woche bleiben könne, und er sie gerne noch einmal sehen würde. Sie streicht ihm durch die verstrubbelten Haare und sagt: „Ja, es wäre schön, am Mittwoch vielleicht. Im Museum, wir schauen uns die Rothkos an, und vielleicht verstehen wir dann, was uns gerade passiert."

****

„Übrigens, ich heiße Edgar", sagt er, als er sie zur Begrüßung am Eingang des Modern Art Museums auf beide Wangen küsst.

„Ich bin Regula. Schön, dass Du gekommen bist."

„Warum sagst Du das? Seit Tagen denke ich nur an Dich. Dabei wusste ich nicht einmal Deinen Namen. Menschen ohne Namen existieren nicht, aber ich will keinesfalls, dass Du nicht existierst."

„Lass uns hineingehen", sagt sie lächelnd. „Es ist kalt und ich brauche unbedingt einen Kaffee."

„Was machst Du?", fragt er fast schüchtern, als sie sich in einer hinteren Ecke des Museums-Cafés niedergelassen und zwei Espressos bestellt haben.

„Ich arbeite als Kinderärztin an der Columbia Universität. Das bezahlt meinen Lebensunterhalt, aber lieber schreibe ich Bücher. Nur, über Kinderbücher bin ich bisher nicht hinausgekommen", lacht sie. „Und Du?"

„Ein Beamter im Außenministerium Südafrikas, auf der Suche nach einem Job."

„Und deshalb bist Du hier?"

„Nicht direkt. Ich kooperiere mit einer internationalen Anwaltskanzlei mit Sitz in New York. Sie untersuchen die Machenschaften unserer Regierung, seit Zuma an der Macht ist."

„Wow, ist das nicht gefährlich?"

„Noch nicht."

„Und warum Rothko? Du hast ihn erwähnt, hoffentlich nicht nur wegen mir, weil ich Dir von ihm vorgeschwärmt habe."

„Nein, ich mag Malerei, mein Haus in Südafrika ist voll davon. Rothkos Bilder beschreiben, in meinen Augen, am besten was ich tue: Hinter die Dinge sehen. Seine Farbtafeln sind so geheimnisvoll, ich kann mich darin verlieren, und finde immer etwas Neues."

Sie nickt und betrachtet die anderen Gäste im Café, als könnten sie ihr eine Antwort darauf geben, weshalb sie diesem unbekannten Mann gegenübersitzt. „Erzähl mir von Südafrika. Ich mag Dein Land, die Art, wie ihr euch von der Apartheid verabschiedet habt, bewundere ich."

„Es ist noch nicht vollbracht. Mandela hat uns Einiges hinterlassen, das es aufzuarbeiten gilt."

„Aber auch Hoffnung."

„Oh ja. Und Du? Du hast lange in Europa gelebt, hast Du gesagt."

„Ja, dort habe ich zu schreiben begonnen. Mein Mann wollte nicht, dass ich als Ärztin arbeite." Europa, denkt sie, das ist kein Ort für mich, eher eine Idee. Vielleicht auch nur eine mir zugängliche Nostalgie. Alles gerinnt zur Nostalgie in meinem Alter, sogar das Schreiben. Ich bewundere Ian Mac Ewan, mit welcher Detailversessenheit er die Welt betrachtet. Das, was die Menschen tun, und doch hat das Ganze den Geschmack eines ungebetenen Voyeurs. Seine Prosa ist tief, verwurzelt in einer altmodischen Tradition des Erzählens. Pamuk dagegen versucht den großen Roman, den er so bewundert in der europäischen Tradition. Doch die Prosa löst sich auf in seinen Händen, als lokales Gemetzel mit fadem Beigeschmack. Die großen Themen gehören nicht in seinen Kopf. Seine Geschichten sind Geburten eines Dissidenten im eigenen Land. Es ist das Konstantinopel, das überall durchschimmert, weniger die Pracht-Stadt der Ottomanen. – Warum fragt Edgar nach Europa, und was ist das überhaupt? Zu groß die Frage, um sie bei einem Espresso beantworten zu können. Es ist Rothko, der die Antwort ahnte. Seine Bilder geben viele Antworten, verborgen unter Lagen von Farbe. Das ist Europa, dieses mysteriöse Nichts, und gleichzeitig alles. Dieses verfluchte Gebilde eines Frantz Fanon, dieses gehasste Labyrinth eines Celine. Es sind nicht nur die Kriege, die tiefe Furchen schlugen. Es ist der Einzelne, in seinem unbezwingbaren Mut, die Welt zu verändern. „Lass uns zu den Rothkos gehen, vielleicht finden wir dort eine Erklärung. Außerdem schuldest Du mir noch eine Antwort zu Südafrika."

Als sie vor dem Bild Nr. 22 stehen, die Farbflächen aus gebrochenem Gelb und Orange im unteren Bereich, getrennt durch einen breiten Streifen Rot, den drei ineinander verwobenen weiße Linien aufbrechen, sagt Regula: „Er hat es dem Museum geschenkt."

„Da war er noch nicht so radikal", sagt Edgar. „Willst du wirklich mehr über Südafrika wissen?"

„Ja, unbedingt. Vielleicht erfahre ich dadurch auch mehr über Dich."

Er schmunzelt und zieht die Augenbrauen hoch, als wäre das zu einfach. „Wir haben William Kentridge, er ist so anders als Rothko, expliziter, weniger verschwiegen, aber genauso spannend. Sein ‚Felix in Exile", Zeichnungen übertragen auf Video, liefern unsere Geschichte, geprägt von Gewalt. Er zeigt unsere Vorfahren, die als Fremde, Eroberer, Ausgestoßene, Hoffnungslose, borniertе Fanatiker und Abenteurer kamen, in ein Land, das leer schien, es aber nicht war. Sie wollten es nur nicht sehen. Sie trugen die Bibel in der Hand, die Gier in der Tasche, die Waffe im Anschlag. Jetzt sind wir gezwungen zu teilen. Vielleicht sogar die Speerspitze einer Bewegung, wo die Hautfarbe immer weniger bedeutet. Aber es wird noch dauern, bis wir all die Vorurteile los sind. Es könnte ein anderes Brasilien werden, oder auch nicht. Die Buren waren eine sture Sorte Mensch, die zuhause das Land dem Meer abgetrotzt haben, und dachten, das ließe sich in Afrika wiederholen. Einfach nehmen, was sich anbot. Sie kämpften für das Land und als sie es besaßen, merkten sie nicht, wie es ihnen entglitt. Heute muss Südafrika sich selbst sein, ein Land, bereit zu teilen, nur dann kann es schaffen nicht auseinander zu brechen."

„Du liebst Dein Land."

„Ja, sehr."

****

In München sitzt Magnus und zermartert sich das Hirn was er falsch gemacht hat. Die Hoffnung, dass Regula zu ihm und Daniel zurückkommen könnte, hat er längst aufgegeben.

Auslöser muss die alte Geschichte mit Sven gewesen sein, die sie für ihr Selbstwertgefühl brauchte, denkt er, als er sich fragt, was sie auseinandergetrieben hat. Immer wieder kam sie auf die Zeit zurück, als sie allein mit Daniel blieb, während ich monatelang in den USA war, um zu arbeiten. Tiefer und tiefer grub sie sich in die Beziehung zu Sven. Es ging ihr nicht darum eine Episode ihres Lebens zu beschreiben, sie wollte mich quälen. Immer wenn ich ihr zu entgleiten drohte, wenn ich mit mir haderte, ob es nicht doch besser wäre, alleine zu leben, allein in einer kleinen Wohnung, ohne Ballast an Möbeln, Büchern und all dem, was wir über die Jahre angesammelt hatten, kramte sie diese Geschichte hervor. Und Sven wurde immer größer darin. Ich hasste diese Verherrlichung eines Mannes, der schon damals nur von Männern träumte, und Frauen nur dazu benutzte, ihre Männer zu düpieren. Sie hatte nichts kapiert, denkt Magnus, vielleicht wollte sie einfach nur ein anderes Leben, in dem es für mich keinen Platz mehr gab.

Er hatte sich damit abgefunden, dass ihn Regula betrog. Anfangs hatte er noch geglaubt, sie wäre anders, als all jene, die sich Sven ins Bett geholt hatte. Er war charmant, hatte verrückte Ideen, und war voll der Verzweiflung des Einzelkindes, das sich ein Leben lang nach Geschwistern gesehnt hat. Er mochte es, anderen weh zu tun, und verachtete die Frauen, die ihm wie Butter in der Hand zerflossen, in der Hoffnung, ihn vor sich selbst retten zu können.

Magnus fragt sich, ob alles anders gelaufen wäre, wenn er sich damals dagegen gewehrt hätte. Vermutlich wäre sie dann schon früher gegangen, und hätte mir Daniel als Baby überlassen, um wirklich frei zu sein, denkt er.

Und wer bin ich? Der Junge, der sich nach dem Morgentau und dem Geruch von frisch geschnittenem Gras sehnt? Der die Pfadfinderlager hasste, und doch von der Mystik der einen Nacht zehrt, allein unter Bäumen, bei einem langen Nachtmarsch. Ist es die Erinnerung an die Freiheit der Gipfel der Fichten, ganz oben, wo man hinaus sieht ins offene Land. Bin ich der von Albträumen geplagte, der immer mehr wollte, als er leisten konnte? Albträume, so groß wie der Krieg, so zerstörerisch wie Dynamit, so zuverlässig in ihrer Furchtbarkeit wie die Zeit. Albträume, die erst unter Wasser, kurz vor dem Ertrinken, vergingen. Weggetragen durch einen von Haschisch vernebelten Geist. Bin ich der Musterschüler, der nicht wusste, wie man lernt, der sich äußerte, ohne zu wissen von was er sprach. Bin ich voller Argwohn, und doch immer wieder bereit zu vertrauen?

Ist das überhaupt echt? Geht es irgendjemand etwas an, außer mir selbst? Vielleicht Daniel, der ein Teil von mir ist, und sich wundert, warum es so ist, wie es ist. Wenn er glücklich ist, etwas erreicht zu haben, und sich trotzdem kaum freuen kann. Ja, er verdient es alles zu wissen.

Gold

Bedächtig massiert er das Öl in die Poren. Kleine Tröpfchen, denkt er, als er wohlwollend seine kupferfarbene Haut betrachtet. Er sieht jünger aus, als seine gleichaltrigen Kollegen. Als hätten ihm die 30 Jahre in wechselnden Bürokomplexen in New York nichts anhaben können.

Ein kleines Mädchen steht vor ihm und sieht zu, wie er das Öl bedächtig über seinen Körper verteilt. Er will etwas sagen, aber ihre großen, staunenden Augen laden nicht dazu ein. Was soll's, denkt er, es wäre doch nur eine von den Floskeln geworden, die man kleinen Kindern hinwirft, wie einen Knochen.

Sie glaubten keine Zeit für Kinder zu haben, New York war viel zu spannend, um sie großzuziehen. Später, als Nancy sich von ihm scheiden ließ, war ihr Hauptgrund, dass er keine Kinder haben wollte. Er fand das vorgeschoben, denn eigentlich war sie es gewesen, die keine Kinder wollte. Aber es lohnte sich nicht darüber zu streiten, es war sowieso zu Ende.

Im Grunde war er froh über die Trennung, sie hatten sich seit langem nur noch Schlagwörter zugeworfen. Zuweilen bedauerte er, dass es niemand gab, um den er sich kümmern konnte, doch er hielt sich nicht lange damit auf. Selbstmitleid kam für ihn nicht in Frage.

Meist schaltet er dann den Fernsehapparat ein, um am nächsten Morgen schlecht gelaunt aufzuwachen. Besser so, als mit schreienden Kindern, zu frühstücken, dachte er. Er mochte die Stille am Morgen, und hasste die Bedienungen im Hotel, wenn sie fragten, ob er gut geschlafen habe.

700.000 Dollar hatte er vor ein paar Tagen in Gold angelegt. Die Inflation und die Russen hatten ihn mehr und mehr beunruhigt. Der Preis für eine Unze Gold lag auf Rekordniveau, aber es wurde erwartet, dass er weiter steigt. Er hatte die Nase voll von New York, vom Winter, von den Leuten, die mit glasigen Augen zu den U-Bahn-Schächten strömten. Selbst fuhr er nie mit der U-Bahn, sie war ihm zu schmutzig, zu unsicher.

Damals, Anfang der 70er Jahre, als die Zeitungen voll waren mit Spekulationen über einen dritten Weltkrieg, fing er an in Aktien zu spekulieren. Die Sowjets, mit all ihrem Gebrüll über Weltherrschaft, halfen ihm schnell zum Erfolg. Das Waffengeschäft blühte auf, und er war dabei. Bald hatte er sein eigenes Auto, sein eigenes Büro, und dann fuhr er nur noch mit dem Taxi zur Arbeit. Es war bequemer, und die Fahrer waren besser als jede Zeitung. Heute machten ihm ihre Sprüche keinen Spaß mehr. Zu oft traf er auf einen arbeitslosen Akademiker, der sich mit Taxifahren über Wasser hielt. Er spürte, wie sehr sie in hassten. Nicht so sehr wegen seines Erfolgs, da schienen sie eher Mitleid mit ihm zu haben. Sie hassten ihn, weil er anders war, sie hassten seine Fassade, seine Selbstsicherheit, seine Skrupellosigkeit. Vielleicht sollte ich mir einen Chauffeur nehmen, denkt er. Aber warum würde ausgerechnet der mich lieben?

Das kleine Mädchen steht noch immer vor ihm und beobachtet, wie er sich einölt. Ihre Augen geben ihm das

Gefühl in einen Spiegel zu schauen. Er sieht nichts worauf er stolz sein kann.

Als er die Zeitung durchblättert, ist das Gold um 100 $ die Unze gefallen. Ich werde alt, denkt er, vor ein paar Jahren hätte ich nie einen Trend total verschlafen. Er würde verkaufen müssen, um nicht noch mehr zu verlieren. Er würde telefonieren und die Stimme seines Brokers hassen, und ihm graute davor.

„Darf ich Ihnen etwas zu trinken anbieten, oder möchten Sie lieber im Garten umhergehen?", hatte die Frau noch in der Tür stehend gefragt. Sie schien etwas ratlos über den Mann, der da nutzlos mit dem anderen kam, der erwartet wurde, um wichtige Geschäfte zu besprechen. Sie kannte ihn nicht, dachte vielleicht, dass er nutzlos sei, nichts beitragen könne, um das Geschäft ihres Mannes voranzubringen. Dass er eigentlich draußen bleiben müsse, weil er keine Funktion in diesem Spiel hatte. Sie schien das instinktiv zu spüren, doch ihre Höflichkeit blieb wohltuend zurückhaltend. Sie muss wohl schon sehr lange mit dem zusammenleben, der das Geld hat, dachte er. Nicht heimlich im Schatten seiner offiziellen Ehefrau, sondern offen, als frei gewählte Weggefährtin. Jünger war sie, viel jünger, untersetzt, höflich und farblos. Ihre Bewegungen waren leise, eher unsicher. Sie weiß, dass kein Recht ihr Hiersein schützt, nur die launische Sympathie des Mannes, die es zu erhalten gab. Alte Männer mit viel Geld können sehr launisch sein, hatte er gedacht, als er ihr linkisch gegenüberstand.

„Sie können auch schwimmen gehen", hatte sie hinzugefügt, wohl um das Eis zu brechen. „Das Wasser ist noch warm um diese Jahreszeit. Wenn Sie möchten, bringe ich Ihnen ein paar Handtücher. Dort im Bootshaus können Sie sich umziehen. Aber natürlich können Sie auch nur im Park flanieren, ganz wie Sie wollen."

Der Garten, den sie ihm zum Begehen empfahl, gleicht einem Park, leicht verwildert aber schön. Die Bäume alt, älter, als die Familie dessen, der sie heute besitzt. Das Haus, eine Villa, an manchen Stellen am Zerbröckeln. Nirgends ein Zeichen von Kindern, außer dem Mädchen mit ihren großen Augen, das ihn weiter schweigend betrachtet.

Drüben, vom Bootshaus aus gut zu sehen, liegt die Insel. Der Himmel wie frisch gewaschen, kaum Segel auf dem See. Das Wasser schwappt ziellos an die Kaimauer. Das verwitterte Gestein erinnert an eine Tradition des Geldes, des Geistes, auch des Vergehens. Alles stimmt in dieser Umgebung, denkt er. Aber es ist die Stimmung der Abenddämmerung, des Verlusts, des sich Abwendens von den Banalitäten der Außenwelt. Wer hier lebt schaut zurück, er hat mehr als er braucht. Warum sollte er sich mit Banausen und Kleingeistern wie mir herumschlagen.

Über dem See geht die Sonne unter, das kleine Mädchen ist zurück ins Haus gegangen, ohne ein Wort zu sagen. Die Welt um ihn herum schrumpft zu einem gleichmäßigen Rauschen. Ich führe das Leben eines Aussätzigen, denkt er. Oder hat mir die Jagd nach Geld das Gehirn zerfressen, dass ich nicht mehr unterscheiden kann, was richtig und falsch ist. Oder war es immer schon in mir drin, und bricht jetzt nur auf.

Er geht ins Bootshaus und zieht sich an. Als er ins Freie tritt, ist er entschlossen alles zu verkaufen, egal wieviel er dabei verlieren wird.

Edna

„Wie sind Sie denn hierhergekommen, wenn Sie nicht wissen wo wir sind?", fragt sie schmunzelnd.

„Ein Großwildjäger, hat mich mitgenommen. Er beliefert den Laden hier mit Zebrafellen, oder was er sonst in der Etoscha Pfanne schießt." Sie ist zu jung für eine Gräfin, denkt Jörg, als er ihr die Hand reicht. Die Dame im Kiosk hat ihn an sie verwiesen, als er nach einer Mitfahrgelegenheit in die Stadt fragte. „Wir sind vor zwei Tagen in Johannesburg losgefahren, die Übernachtung im Auto war ziemlich unangenehm, auch weil der Mensch sehr seltsame Ansichten vertrat, die ich letztlich unerträglich fand. Vermutlich deshalb hat er mich hier abgeladen, um mich endlich loszuwerden. Jetzt bin ich gestrandet, aber froh mein Fell behalten zu haben", lacht er. „Die Frau im Kiosk hat gemeint, Sie würden in der Stadt wohnen und könnten mich eventuell mitnehmen."

„Warum sind sie überhaupt mit dem Mann gefahren, wenn Sie ihn nicht ausstehen konnten?"

„Well, als Anhalter haben sie nicht so eine große Auswahl", grinst er. „Er war auf dem Weg nach Kapstadt, wo ich auch hinwollte. Es passte also, zumindest schien es anfangs so. Aber dann äußerte der Typ so krasse Ansichten, wie ich sie noch nie gehört hatte. Damit konnte er jeden Alt-Nazi in den Schatten stellen. Der Mann scheute sich überhaupt nicht den ganzen Schutt auszusprechen."

Sie nickt, als hätte sie das auch schon erlebt. „Was machen Sie in Südafrika, wenn Sie nicht irgendwo stranden?", fragt sie, ohne auf seinen Mitfahrwunsch einzugehen.

„Ich schreibe einen Bericht für meine Uni über die Flugzeug-Industrie in Südafrika, Avionik im Besonderen. Aber eigentlich fahre ich nur im Land herum." Er überlegt, wie lange sie ihn noch ausfragen wird. Er hat Hunger.

„Sie fahren herum? Was ist das, Avionik?"

Einen Privatflieger hat sie schon mal nicht, denkt Jörg. „Die Elektronik, mit der ein Flugzeug gesteuert wird, Höhenmessung, Landeanflug und so."

„Interessant. Und was tun Sie, wenn Sie im Land herumfahren? – Aber setzen Sie sich doch. Ich löchere Sie ja richtiggehend", lacht sie, und weist auf das Polstermöbel neben ihr.

„Möglichst wenig. Die Augen offenhalten und mit Leuten reden. Ist spannend", sagt Jörg, und versinkt in dem angebotenen Mobiliar, das in seinen Augen für einen Golfklub völlig deplatziert ist.

„Hört sich ungewöhnlich an, ein Student aus Deutschland, der durch Südafrika reist und über unsere Elektronik-industrie schreibt. Sehr bedeutend ist die ja nicht gerade. Finden Sie nicht auch?", fragt sie zweifelnd.

Jörg zuckt mit den Schultern und erzählt seine übliche Geschichte: Vordiplom abgeschlossen, internationale Erfahrung sammeln, Technik alleine kein Allheilmittel, es braucht den weiteren Horizont. - Einfach nur das, was die Leute hören wollen, um ihn in irgendeine Schublade zu stecken. Doch seine Ausführungen scheinen die Gräfin kaum zu interessieren. „Könnten Sie mich eventuell mit in die Stadt nehmen", fragt er schließlich erneut, als er sieht, wie sie in Gedanken ganz woanders ist. Wahrscheinlich denkt sie daran, wie weit ihr Golfball beim Abschlag fliegen wird, denkt er.

„Klar kann ich, Sie müssen nur etwas Geduld haben. Ich habe noch neun Löcher vor mir, die dauern etwa zwei Stunden, sodass wir gegen drei Uhr fahren könnten. Ist Ihnen das recht?" Lächelnd nimmt sie Jörgs Erleichterung wahr. „Sie können hier in der Lobby auf mich warten. Das stört niemand und Mary bringt Ihnen sicher gerne einen Kaffee. Mary, hörst du, bring doch bitte dem jungen Mann eine Tasse Kaffee, die Rechnung geht auf mich. Entschuldigen Sie, ich habe Ihren Namen nicht verstanden", sagt sie im Aufstehen.

„Garber, Jörg Garber. Danke, ich habe alle Zeit der Welt, und eine Pension finde ich auch noch am Abend. Aber bitte, wie darf ich Sie ansprechen?"

„Von Waldenfels heiße ich, aber so nennt mich hier keiner. Für manche bin ich die Gräfin, für alle anderen einfach nur Edna." Sie schnappte sich eine Flasche Wasser und sagt im Gehen: „Also dann, in etwa zwei Stunden."

****

191

Was, wenn sie mich vergessen hat, denkt Jörg nach zwei Stunden, weil sie nirgends zu sehen ist? Vielleicht hat sie ihre Meinung geändert und ist längst ohne mich gefahren. Warum sollte sie ausgerechnet einen wildfremden Studenten mit in die Stadt nehmen?

Schließlich kommt sie, als hätte sie nie etwas von zwei Stunden gesagt. Sie riecht gut. „Tut mir leid, es hat länger gedauert als ich dachte. Beim achten Loch ist mir der Ball im Rough gelandet. Ich weiß gar nicht, wie Rough auf Deutsch heißt? Wissen Sie es?"

„Keine Ahnung."

„Natürlich, Sie sind ja kein Golfer, das habe ich vergessen. Und Deutschland ja auch andere Sorgen, als Golfplätze zu bauen. Lassen Sie uns darüber im Auto sprechen. Mich interessiert, was Sie von der deutschen Ostpolitik halten. Die wird hier mit Interesse verfolgt", sagt sie aufgekratzt.

Es geht wieder los, denkt Jörg. Dieselbe Leier über Brandts Ostpolitik, der keiner traut. - Von Waldenfels, gut möglich, dass sie aus einer dieser Junkerfamilien stammt, die uns den Verlust der Ostgebiete nie verzeihen werden. Brandt ist schuld, der Kniefall in Warschau beweist es, als hätte er allein den zweiten Weltkrieg angezettelt, um Ostpreußen an die Russen verschachern zu können. Der ganze Schutt wird wohl wieder hochkommen. Dolchstoßlegende, Verrat der Sozis am Volk nach dem ersten Weltkrieg. In den Augen dieser Leute waren es immer nur die Sozialdemokraten, die Deutschland ausgeliefert haben. Mal sehen, was sie alles vorbringt. Aber da muss ich durch, eine andere Fahrgelegenheit gibt es nicht. Und hier übernachten ist auch keine Option.

Ihr Auto, ein tannengrüner Mini Cooper, steht bereits vor der Tür. Der Caddy hat den Golfköcher auf den Rücksitz gezwängt und das Schiebedach geöffnet, damit die aufgestaute Luft entweichen kann. „Legen Sie ihren Seesack einfach auf die Schläger. Die halten das schon aus. – Wie trägt sich der übrigens, ich habe mich schon gewundert, wie Sie damit klarkommen."

„Klappt gut, einfach über die Schulter werfen. Ich benütze ihn auch als Kopfstütze, wenn ich stundenlang an der Straße auf ein Auto warte."

„Per Anhalter, in Südafrika?"

„Ja, ist besser hier, als in Deutschland. Weniger Regen."

„Na dann los", sagt sie, als sie sich hinter das Steuer setzt.

Sie fährt zügig, und als Jörg sie fragt, woher der Name von Waldenfels kommt, erzählt sie locker, dass sie in der vierten Generation aus einer Coburger Adelsfamilie stammt. Ihr Urgroßvater hatte im Deutschland der Wilhelminischen Zeit keine Chancen mehr gesehen und war ausgewandert. „Vielleicht wurde er ja auch verbannt", flicht sie mit einem schelmischen Lachen ein. „Zuerst ging es nach Südwest-Afrika, später zog die Familie nach Kapstadt. Seit dem Tod des Großvaters betreibe ich einen kleinen Buchladen in einer Seitengasse der Long Street, mitten im Zentrum der Stadt."

Nach einer Stunde Fahrt erreichen sie ihre Wohnung, die direkt über der Buchhandlung liegt.

„Kommen Sie herein, ich zeige Ihnen mein Refugium."

Im Erdgeschoss befindet sich ein großes, helles Zimmer mit Regalen voller Bücher, alphabetisch nach Autoren geordnet. Sie erzählt, dass sie sich ursprünglich auf afrikanische Schriftsteller spezialisiert hatte, bald aber feststellen musste, dass sie davon nicht leben konnte. Ohne das Erbe ihrer Großeltern hätte sie sich einen anderen Beruf suchen müssen.

„Was halten Sie von einer Tasse Tee?", fragt sie Jörg, der vor einem der Regale steht und ein Buch von Nadine Gordimer in der Hand hält. „Mögen Sie Gordimer?"

„Kann ich nicht sagen, noch nie von ihr gehört. Über was schreibt sie?"

„Hauptsächlich über unsere Misere hier, für die es keine einfache Lösung gibt. Sie sollten sie lesen. Tee?"

„Gerne, wenn es Ihnen nicht zu viele Umstände macht. - Zum Lesen komme ich wenig bei meiner Art zu reisen. Es findet immer etwas statt, auch dann, wenn ich nur an der Straße stehe und auf ein Auto warte." Jörg verachtete sich für seinen blasierten Ton, als müsse ich ihr etwas beweisen. Sie hat mir nur einen Lift gegeben und mich dafür warten lassen, denkt er. Wenigstens konnten wir das Wetter als Gesprächsthema vermeiden. Also stell dich nicht so an, sie serviert dir Tee und kann dir möglicherweise ein billiges

194

Zimmer besorgen, da kannst du doch zumindest vernünftig mit ihr reden. Oder bist du gehemmt, weil sie alle Vorteile auf ihrer Seite hat? Adelig, schön, in ihrem eigenen Land, frisch gewaschen und auch noch intelligent. Vermutlich bin ich ihr viel zu jung für ein vernünftiges Gespräch.

Er spürt, wie sie ihn taxiert. „Wie lange werden Sie in Kapstadt bleiben?", fragt sie, ohne weiter auf das Lesen einzugehen.

„Nur ein paar Tage. Ich möchte die Küste entlang hochfahren, bis Durban, da kenne ich jemand in einer Surfkommune, in der ich für eine Woche bleiben kann. Aubrey heißt er. Er meint, die Brandung in Durban sei gerade phantastisch, und Surfen ließe sich innerhalb einer Woche erlernen. Nur mit den Haien müsse man aufpassen."

„Ja, passen Sie auf, dass sie nicht gefressen werden", ruft sie aus der Küche. „Der Tee ist gleich fertig. Nehmen Sie Zucker?"

„Ja, gern."

Der Tee schmeckt wunderbar, hilft ihm über seine Müdigkeit hinweg. Die Nacht im VW-Bus war äußerst unbequem gewesen. Sie wollte über Brandts Ostpolitik reden, denkt er, also los, je schneller die Fragerei vorbei ist, desto besser.

„Sie sehen ziemlich müde aus. Ich könnte bei meinen Freunden anrufen, ob sie ein Zimmer für Sie haben. Es ist eine kleine Pension, wo Sie sicher einen guten Preis bekommen. Was halten Sie davon?"

„Danke, das wäre wunderbar. Ich habe in der Tat die letzten Tage miserabel geschlafen, und eine warme Dusche täte auch gut", sagt er erleichtert.

„Warten Sie, ich bin gleich zurück."

Jörg hört sie im Hinterzimmer, ohne zu verstehen, was sie sagt. Ihre Stimme klingt locker und leicht. Anscheinend erzählt sie, wie sie mich aufgegabelt hat, denkt er, während er dem Klang ihrer Stimme nachhängt. Ein bisschen, wie man einen streunenden Hund aufliest.

„Es klappt, sie bekommen das Zimmer für fünfzehn Rand die Nacht, das ist ein fairer Preis. Einverstanden?", fragt sie, als sie zurückkommt.

„Ja, sehr fair. Ist es weit von hier? Kann ich einen Bus nehmen?"

„Keine Sorge, ich bringe Sie hin. Darf ich Ihnen noch Tee nachschenken?"

„Ja gern, was ist das für eine Sorte, er duftet wunderbar?"

„Rooibusch, eine spezielle Art, die nur hier wächst. Es heißt, sie sei besonders für nervöse Mägen bekömmlich. - Ich hoffe, Sie sind nicht zu müde, damit wir uns noch etwas unterhalten können, bevor ich Sie zu meinen Freunden bringe. Es passiert nicht alle Tage, dass mir ein deutscher Student ins Haus schneit. So heißt es doch, oder?"

„Ja, so heißt es. Ich fürchte allerdings, ich bin nur ein ziemlich dürftiger Informant", sagt er, auf ein kurzes Gespräch hoffend.

„Informant, wie kommen Sie darauf. Ich suche Ihre Meinung. – Wie gesagt, meine Familie stammt ursprünglich aus Deutschland. Ein Teil lebt noch immer in Coburg. Wir treffen uns regelmäßig, ich weiß also in etwa, was stattfindet, nur, verstehe ich es nicht ganz. Vermutlich, weil mir Deutschland immer fremder wird. Wahrscheinlich bin ich wirklich Südafrikanerin geworden. Diese Ostpolitik – die englischsprachige Presse beschreibt sie als Annäherung an die Sowjetunion - das schürt Ängste. Sind die berechtigt, oder was meinen Sie?"

„Ein heikles Thema. In Deutschland sind manche Leute bereit auf die Barrikaden zu steigen, um Brandts Politik zurückzudrehen."

„Und Sie, wo stehen Sie?"

„Ich bin dabei, sollte sich eine Gelegenheit bieten, diese Leute von den Barrikaden herunterzustoßen", lacht Jörg.

„Ein Revoluzzer?"

„Nein, ich möchte nur, dass wir mit unserer Vergangenheit so umgehen, dass keine neue Katastrophe entsteht."

„Das gefällt mir", sagt sie, und sieht ihn plötzlich mit anderen Augen an. „Wissen Sie, unsere Regierung spielt sehr kunstvoll auf der Klaviatur der Furcht. Wir sollen glauben, dass alle Schwarzen Kommunisten sind, und dass es nur eine

Frage der Zeit wäre, bis das Land zugrunde ginge, sollten die Schwarzen je die Macht übernehmen."

Will sie mich aufs Glatteis führen, denkt er? Ich kenne sie erst seit ein paar Stunden, warum sollte ich ihr vertrauen. Andererseits: Warum nicht? In ein paar Tagen reise ich weiter, und sie will nur meine Meinung hören. „Ich weiß nicht, ob die Ostpolitik Erfolg haben wird. Der Eiserne Vorhang geht direkt durch Deutschland, nur ein paar Kilometer von Coburg entfernt. Wir können das nicht einfach ignorieren. Unsere Realität ist die Norddeutsche Tiefebene, dort werden die Russen angreifen, wenn es uns nicht gelingt, das Verhältnis zum Osten zu entspannen. Es ist völlig egal wer das tut, nur für Deutschland ist es eine Überlebensfrage."

„Sie hören sich sehr engagiert an. Was sagt ihr Vater dazu?"

„Mein Vater? Gar nichts, er ist im Krieg gefallen", sagt Jörg kurz angebunden, als wäre ihm das Thema unangenehm.

„Entschuldigen Sie bitte, dass ich so indiskret war. Aber wenn es um Politik geht, frage ich immer meinen Vater. Allerdings teile ich seine Ansichten zu unserer Situation in Südafrika überhaupt nicht. Manchmal denke ich, wir müssten unseren schwarzen Bürgern mehr Rechte zugestehen", sagt sie nachdenklich.

„Das wird sich auf Dauer wohl nicht vermeiden lassen", sagt Jörg, und sieht, wie sich ihre Miene verdüstert. Ich muss das abschwächen, denkt er, wer bin ich denn, ihr Ratschläge zu geben. „Es wird schwer sein, eine Mehrheit der Bevölkerung auf Dauer zu unterdrücken. Das ergibt keinen Sinn", sagt er versöhnlich.

„So denken auch hier einige, aber warum sollten sie recht haben. Schauen Sie sich um: Das Land blüht. Es ist durch harte Arbeit entstanden, und jetzt sollen wir alles den Schwarzen überlassen. Dann dauert es nicht lange, bis es hier genauso korrupt zugeht wie bei unseren Nachbarn", sagt sie voller Überzeugung.

Jörg rutscht jetzt unruhig auf seinem Sessel herum. Das Gespräch geht in die falsche Richtung, denkt er. „Was meint Ihr Vater?"

„Er meint, dass von Europa und den USA zu viel Druck in Richtung Mehrheitswahlrecht gemacht wird. Eine schwarze Regierung würde zum sicheren Chaos führen. Er hasst die Veränderungen, die in Europa stattfinden, und denkt, dass die Ostpolitik Deutschlands schon sehr nach Ausverkauf riecht."

„Wir alle haben unsere Meinungen", sagt Jörg, krampfhaft versucht wach zu bleiben. „Ich glaube, ich bin zu müde, um mit Ihnen noch eine sinnvolle Diskussion über Politik zu führen." Sie hat es noch nicht gesagt, denkt er, aber es kommt sicher noch. Diese Gespräche verlaufen fast immer so. Sie fangen harmlos an und enden in Hasstiraden.

„Vielleicht haben sie recht", sagt sie nachdenklich. „Wir sind sehr weit weg von Europa, unten am äußersten Zipfel Afrikas. Und wir haben Angst, eine Angst, die unser Denken verstümmelt."

Sie spricht, als wäre sie ihr eigenes Gegenüber. Jörg spürt, dass er mit dieser Frau offen reden konnte. „Edna", sagt er und lässt die Gräfin weg. Es wäre ihm völlig unpassend erschienen sie formal anzureden. „Sie sind der erste Mensch in Südafrika, den ich bisher getroffen habe, der so etwas gesagt hat. Alle anderen haben nur verteidigt, was es nicht zu verteidigen gibt. Manche resigniert, andere aggressiv."

„Nein, nein, jetzt sind Sie nicht fair. Es gibt viele, die so denken wie ich, aber nicht genug, um wirklich etwas zu ändern. - Was halten Sie davon, wenn ich sie jetzt zu meinen Freunden fahre?", fragt sie schnell, als befürchte sie, dass das Gespräch zu persönlich werden könnte.

„Das wäre wunderbar." Schade, denkt Jörg, es hätte ein interessantes Gespräch werden können.

Als sie ihn in der Pension abliefert, besteht sie darauf mit hineinzugehen. Sie wolle sicher sein, dass er auch die vereinbarte Rate bekommt. Beim Abschied fragt sie, ob er am nächsten Morgen mit ihr frühstücken wolle. Er willigt sofort ein.

„Um neun, nicht vergessen, ich hole sie ab", ruft sie, als sie den Mini Cooper aus der Einfahrt auf die Straße lenkt.

****

Hey, ich freue mich richtig, sie wieder zu sehen, denkt er, als er ihren Mini um die Ecke biegen sieht. Eine Gräfin, zehn Jahre älter als ich, die mit mir Frühstücken will. Nicht schlecht für einen abgerissenen Studenten.

„Sie sind ja ein völlig anderer Mensch", begrüßt sie ihn. Natürlich ist sie nicht pünktlich, aber es stört ihn überhaupt nicht.

„Ich habe sogar meine letzten sauberen Kleider aus dem Seesack gekramt. Zu einem Schönheitspreis reicht es aber trotzdem nicht."

„Ist nicht so wichtig, aber frisch geschniegelt gefallen Sie mir weit besser als gestern. Da sahen Sie aus, als hätten Sie die Nacht durchgefeiert. Kommen Sie, ich habe Hunger." Mit einer schnellen Handbewegung winkt sie ihn auf den Beifahrersitz.

Zu Hause hat sie alles vorbereitet und muss nur noch den Kaffee aufsetzen.

„Setzen Sie sich und lassen Sie es sich schmecken. Keine Sorge, ich esse nicht jeden Tag so, meist reicht es gerade für ein paar Haferflocken mit Orangensaft. Aber ich dachte, dass Sie vermutlich in letzter Zeit nicht viele gedeckte Tische gesehen haben."

Nicht viele ist gut, denkt Jörg, Käsebrot mit Rotwein, daneben eine Zeitung, damit ich keine Zeit verliere beim Essen. So geht das schon seit Jahren. Benimm dich und schling nicht alles in dich hinein. „Der Tisch sieht wunderbar aus. Sie haben Recht, es gab nicht viele Gedecke in den letzten Wochen."

„Jörg - ich darf Sie doch so nennen - sagten Sie nicht, Sie wollten von hier nach Durban?"

„Ja, ich muss einen Waschtag einlegen, dann geht es wieder auf die Straße. Ich denke, ich müsste an der Küste entlang ganz gut vorankommen", sagt er, legt eine Scheibe Schinken auf sein Brot und lächelt sie an.

„Wissen Sie, ich wollte auch nach Durban fahren, um einen Cousin aus Deutschland zu treffen. Aber allein ist mir nicht ganz wohl dabei. Würde es Ihnen etwas ausmachen, mich zu begleiten? Mein Auto ist nicht gerade bequem, aber für zwei geht es."

„Ich mag Ihr Auto. In Deutschland fahre ich einen Renault Dauphine, der langsam auseinanderfällt. Meinen Sie es ernst?"

„Aber natürlich. Dann könnten wir auch ausführlicher über alles reden."

„Gern. Und wenn Sie wollen, biete ich mich auch gerne als Fahrer an, vorausgesetzt Sie haben etwas Geduld mit mir. Ich bin nämlich noch nie im Linksverkehr gefahren".

„Das geht schnell, ist überhaupt nicht anders. Aber jetzt essen Sie erstmal richtig."

Nach zwei Stunden bringt sie ihn zurück in die Pension. Zum Abschied sagt sie: „Dann abgemacht, am Donnerstag, um acht Uhr, hier."

„Ich freue mich." Jörg meint es ehrlich.

****

Sie kommen gut voran, Mossel Bay liegt bereits hinter ihnen, als Jörg, einen Gedanken, der ihm schon eine Weile durch den Kopf geht, endlich ausspricht: „Warum wollten Sie, dass ich mitkomme, Edna?"

„Was meinen Sie? - Ohne Sie wäre ich vermutlich gar nicht gefahren. Allein macht es keinen Spaß, außerdem ist es zu gefährlich. Das letzte Drittel bis Jeffreys müssen Sie sogar fahren. Ich liebe es gefahren zu werden. Gräfin Waldenfels und ihr Fahrer. - Entschuldigen Sie, so war das nicht gemeint", stellt sie klar, als sie sein Stirnrunzeln bemerkt. „Ich wollte Sie nur ein klein wenig bestrafen wegen Ihrer, in meinen Augen dummen Frage. Ich mag Sie, mochte Sie bereits, als Sie im Golfclub völlig übernächtigt auf mich zukamen. Reicht das als Antwort?"

Ein Lächeln spielt um seinen Mund. „Ich spiele gerne Ihren Fahrer", sagt er, und denkt, ich mag sie auch.

Gegen vier Uhr erreichen sie Jeffreys Bay. Im Haus von Ednas Freunden, direkt am Strand, wollen sie übernachten.

Jörg fühlt sich unsicher, er fürchtet sich vor der Rechnung. Irgendwann wird sie präsentiert, denkt er. Irgendetwas wird immer präsentiert. Dabei fühlt er sich wohl in ihrer Gegenwart. Sie ist völlig unprätentiös, kann wunderbar erzählen über Land und Leute, über die Schwierigkeiten, die Südafrika noch vor sich hat. Und sie riecht gut. Jörg liebt ihren Duft.

Edna kennt den Weg zum Haus, das eigentlich eher eine große Hütte in den Dünen mit freiem Blick aufs Meer ist.

„Jörg, bitte helfen Sie mir alles aufzureißen. Meine Freunde müssen seit Monaten nicht hier gewesen sein, und in dieser Hitze staut sich die Luft. Wie gefällt Ihnen der Blick?", fragt sie, während sie das Fenster öffnet.

„Toll, ich liebe das Meer, die Freiheit, den Geruch, das Rauschen. Seit ich den Indischen Ozean zum ersten Mal in Kapstadt gesehen habe, mag ich ihn. Er ist so viel weiblicher als der Atlantik."

„Weiblicher?"

„Weniger aggressiv, meine ich. Nicht so rau. Es fehlen eben die Wikinger", lacht Jörg entspannt.

„Seltsamer Gedanke, aber ich mag ihren Vergleich. Hätten Sie Lust vor dem Abendessen noch zu schwimmen? Die Bucht ist sicher, keine Unterströmungen und Haie gibt es auch keine."

„Eine blendende Idee, ich bringe nur kurz unser Gepäck ins Haus." Ich tue so, als hätte ich immer dazu gehört, denkt er, auf dem Weg zum Auto. Weiblich, der indische Ozean, welch ein Schwachsinn. Vergiss nicht, wer du bist, Jörg: Ein Student, der per Anhalter durch Südafrika trampt.

„Ich gehe schon mal voraus", ruft sie bereits auf dem Weg zum Strand. Sie sieht blendend aus, der gelbe Bikini betont ihre braune Haut, das Haar lose über die Schultern geworfen, die Brüste etwas zu groß und schon leicht gesenkt.

Jörg fühlt sich ziemlich klein.

Als er ans Wasser kommt, schwimmt sie bereits außerhalb der Brandung. „Herein mit Ihnen, es ist herrlich", ruft sie und lacht, als sie von einer Welle überspült wird.

Jörg taucht unter der Brandung durch und ist mit ein paar Zügen bei ihr. Sie spielt wie ein Kind im Wasser, presst das Salzwasser in kleinen Fontänen aus dem Mund und versucht ihn damit zu treffen. Wenn sie sich per Zufall berühren, ist es, als würden sie sich schon eine Ewigkeit kennen.

„Ich gehe raus, mir wird kalt", sagt Jörg, und lässt sich von einer langen Welle an den Strand tragen.

„Ich bleibe noch eine Weile. Auf der Treppe liegen Handtücher, wären Sie so nett und bringen mir eins an den Strand. Sie sind gleich neben der Eingangstür."

„Darf ich mir auch eines nehmen? Mein Seesack ist für Strandausflüge nicht gerüstet".

„Aber natürlich, ab jetzt ist das auch Ihr Haus", ruft sie durch das Rauschen der Brandung.

Als er mit den Handtüchern zurückkommt, sucht sie im Auslauf der Wellen bereits nach Muscheln. Er tritt hinter sie, und legt ihr das Tuch über die Schultern. Sie dreht sich um und streift ihn mit ihrer Brust. Ihre nassen Haare kleben auf der Stirn, als sie ihn fragend anblickt. In einem Moment völliger Verwirrung hält er sie fest und küsst die kleine Grube zwischen Nacken und Schulter. Sie lässt es geschehen, um sich dann vorsichtig aus seiner Umarmung zu lösen.

„Wir sollten das nicht tun. Ich mag Sie sehr, aber sie müssen zurück zu Ihren Wikingern, und ich werde hierbleiben. Glauben Sie mir, es ist besser so."

„Entschuldigung, ich habe mich gehen lassen. Sie sahen sehr schön aus in dem Licht, wie eine Meerjungfrau", lacht Jörg, der sich überhaupt nicht zurückgewiesen fühlt.

„So ist das mit den verblühenden Frauen, je älter sie werden, desto mehr brauchen sie das weiche Abendlicht, um zu gefallen. - Was halten Sie von einem gemeinsamen Abendessen. Ich lade Sie ein. Es gibt ein winziges Fischrestaurant im Ort, da gehen wir nachher hin, einverstanden?"

„Ich folge Ihnen bis ans Ende der Welt", strahlt Jörg.

Beim Abendessen merkt er, dass sie ihm etwas sagen will. Es ist nur so ein Gefühl, das er nicht aussprechen kann, ohne sich ein weiteres Mal zu blamieren. Nach dem ersten Glas Wein beginnt sie vorsichtig, als befürchte sie ihn zu verletzen: „Jörg, ich wollte mich für etwas entschuldigen, von dem ich nicht weiß, ob Sie es genauso empfanden wie ich."

Er hebt die Schultern und sieht sie fragend an.

„Erinnern Sie sich an unser Gespräch über die politischen Verhältnisse in Europa, als ich Ihnen von meinem Vater erzählte?"

„Ja, natürlich. Aber weshalb wollen Sie sich dafür entschuldigen?"

„Ihre Antwort geht mir nicht aus dem Kopf, und wie ich darüber hinwegging. Ich habe es einfach überhört, so als wäre es das Normalste auf der Welt ohne Vater aufzuwachsen. Ich merkte aber, wie verletzbar Sie bei diesem Thema sind. Es ist meine mangelnde Sensibilität für die ich mich entschuldigen möchte."

Er antwortet nicht gleich, während sie geduldig abwartet. Schließlich nimmt er ihre Hand, vorsichtig, als wollte er ein frisch geschlüpftes Küken beschützen. Zögernd und suchend beginnt er zu reden: „Edna, es fällt mir schwer darüber zu reden. Früher war es wie eine offene Wunde, die nicht verheilen wollte. Jetzt …"

„Jörg, ich bin keine Psychotherapeutin, aber ich würde gerne zuhören", sagt sie, ohne ihm die Hand zu entziehen.

Er legt das Besteck beiseite und schenkt sich nach. „Sie auch", fragt er und lacht nervös. Als sie nickt, sagt er: „Am schlimmsten war es in der Schule. Fast alle Mitschüler hatten einen Vater, auch wenn einige von ihnen ziemlich üble Kerle waren, die prügelten, und sich wie Despoten aufführten. Aber sie hatten einen Vater, auf den sie wechselweise schimpfen und stolz sein konnten. Ich hatte nur das Gefühl der Leere, einen ungefüllten Platz im Herzen." Jörg blickt auf, wischt sich gedankenverloren die Augen und nimmt einen großen Schluck Wein „Da war diese Sehnsucht nach Vertrauen und immer wieder diese Wut, dass er mir das angetan hatte. Als hätte er gewählt zu sterben. Einfach so zu verschwinden aus unserem Leben."

„Es schmerzt immer noch?", fragt sie leise. „Willst du lieber aufhören?"

„Nein, ist schon gut, es hilft darüber zu reden, aber ich vermassle unser Abendessen", sagt er traurig.

Sie schüttelt den Kopf, drückt seine Hand und bemerkt erst jetzt, wie selbstverständlich sie die Anrede gewechselt hat.

„Als ich älter wurde, entwickelte sich das Ganze zum Ritual. Im Spiegel habe ich geprüft, was von ihm in mir sein könnte, absurd, denn das Einzige, was ich zum Vergleich hatte, war das Schwarzweißfoto eines lachenden Mannes, der neben einem alten Motorrad steht. - So, mehr gibt es nicht. Du bist die erste, mit der ich je darüber gesprochen habe."

„Und deine Mutter?"

„Mit der konnte ich nicht reden. Es hätte ihren Schmerz nur verschlimmert. Sie wusste ja sowieso, wie sehr ich ihn vermisste."

Edna spürt, dass er noch nicht fertig ist. „Wurde es denn besser mit der Zeit?", fragt sie schließlich, nachdem Jörg lange geschwiegen hat.

„Ja, gegen Ende des Praktikums. Als ich begann, auf eigenen Beinen zu stehen. Da merkte ich auf einmal, wie viele Männer ich um nichts in der Welt als Vater haben wollte. Da gab es einige ekelhafte Kerle in der Firma", lacht er.

„Du hast dich selbst therapiert?", fragt sie, und freut sich über die Leichtigkeit, mit der er auf einmal erzählt.

„Nicht ganz. Manchmal frage ich mich auch heute noch, woher das kommt, wenn ich mich wundere, wie sehr mich die Macht anzieht. Wenn ich mich fast immer zu Gunsten des Stärkeren entscheide, instinktiv, ohne groß zu überlegen. Dann denke ich, es ist von ihm."

„Könnte es sein, dass du ihn als Ausrede benützt?"

„Gut möglich. - Jetzt erzähle ich dir noch eine kleine Geschichte, und dann hören wir auf über meinen Vater zu reden, okay?

„Okay".

„Seit ich in Südafrika bin, denke ich über den Unterschied zwischen einer Hyäne und einem Löwen nach. Schließlich habe ich sehr viel Zeit zum Nachdenken, wenn ich am Straßenrand sitze und darauf warte mitgenommen zu werden. Und weißt du was? Ich kann mich nicht entscheiden, wem ich den Vorzug geben soll. Der Löwe reißt seine Beute, frisst die besten Stücke und legt sich dann faul in den Schatten. Die Hyäne räumt mit Hilfe der Geier das ganze Schlamassel bis auf die Knochen auf. Ist doch auch nicht schlecht. Dein Vater hätte dir wahrscheinlich geraten, auf den Löwen zu setzen. Nachdem ich keinen Vater habe, der mir raten kann, habe ich die Wahl." Jörg wundert sich, weshalb er ausgerechnet ihr die Gedanken beschreibt, die ihm durch den Kopf gehen, wenn er stundenlang an der Straße sitzt, und nichts geschieht, außer dass ein paar Ameisen über seinen Seesack kriechen, oder er einem

Grashüpfer zusieht, der sich in seinen Schnürsenkeln verfangen hat.

„Ein seltsamer Vergleich. Du hast Recht, mein Vater würde auf den Löwen setzen, er hasst Hyänen", sagt sie verwundert.

„Siehst du. Aber jetzt ist genug mit Vätern. Ich bin in Gesellschaft einer schönen Frau, habe kostenlose Therapie erhalten, und werde langsam betrunken. Was will ich mehr. Außerdem fühle ich mich leicht gefährdet, und weiß nicht, wie ich damit umgehen soll", sagt er lachend.

„Hör auf. Komm, lass uns das Du feiern. Während Du von deinem Vater sprachst kam es auf einmal ganz natürlich. Ich hätte es seltsam gefunden, dich weiter formal anzureden. Bitte bringen Sie uns noch eine Flasche von dem Pinot Noir", ruft sie der Bedienung zu.

Die nächsten Stunden erzählen sie sich alles, was ihnen in den Sinn kommt. Jörg spricht über seine Versagensängste, und wie er dagegen ankämpft. Edna erzählt von ihrem ersten Mann, und wie die Ehe bereits nach ein paar Jahren in die Brüche ging. Als sie zum Haus zurückkehren sitzen sie noch lange im Sand und lauschen den Wellen, wie sie unermüdlich auf den Strand rollen.

In der Nacht leidet er unter der Hitze und fühlt Ednas Nähe. Nachdem er sich lange schlaflos gewälzt hat, schlüpft er in ihr Zimmer, dessen Tür sie offengelassen hat. Er setzt sich neben ihr Bett und berührt mit den Fingerspitzen vorsichtig

ihre Haare. Als sie ihn mit einem Lächeln zu sich einlädt,
versinkt er in ihrem Körper.

Freiheit

Von der Terrasse des Parvati Hotels hören sie die gedämpften Geräusche Bombays. Die Fahrt vom Flughafen in die Stadt wirkt noch nach, und jeder versucht auf seine Art damit klar zu kommen.

„Wir fuhren durch die Hölle, und jetzt diese Stadt", stöhnt Carla.

„Meinst du diesen imperialen Schutt, den die Briten zurückgelassen haben?", fragt Lilo. Carla hat sie eingeladen mitzukommen, doch Kurt war wenig begeistert. Zu aggressiv die Frau, meinte er, und stimmte dann doch zu, weil er Carla nicht vor den Kopf stoßen wollte.

„Dieser ungeheure Kontrast, wie hält das jemand aus. Ich krieg es nicht auf die Reihe." Carla sieht hilfesuchend auf Kurt, als hätte der eine Antwort. „Warum sagst du nichts?"

Kurt hebt nur die Schultern, als gebe es nichts, was er noch sagen könnte. Schon im Flugzeug beschlichen ihn Zweifel über den Sinn der Reise. Der Geruch von Curry waberte durch die Maschine. Saris leuchteten wie Mohnblüten in einem Getreidefeld, und Lilos sinnentleertes Gelaber, begann sich wie ein Geschwür in seinem Magen auszubreiten. Als Carla und Lilo die beiden Plätze vor ihm einnahmen, hoffte er für einen Moment, dass der Sitz neben ihm leer bleiben würde. Doch dann setzte sich ein fetter Mann auf den freien Platz und begann sofort sein mitgebrachtes Essen auszupacken.

Nach der Landung in Bombay war er einfach nur glücklich angekommen zu sein. „Ich bin noch ziemlich geplättet.

Zuerst der Typ neben mir, er stank und schmatzte wie ein Schwein. Dann diese Menschenmassen, die verwahrlosten Kindern, die im Unrat herumwühlten. Aber der Taxifahrer gab mir den Rest, als er sich in jede Lücke zwängte und den Vordermann einfach rammte, wenn der nicht gleich zur Seite fuhr. Was für ein Blödmann", sagt er schließlich, und schüttelt den Kopf.

„Der Kerl war verrückt, er fuchtelte bei voller Fahrt herum und führte sich auf, wie ein wild gewordener Gockel. Mir wurde angst und bang", ergänzt Lilo.

„Wo kommen nur all die Menschen her?", fragt Carla.

„Vom Land vermutlich. Die Stadt zieht sie an wie die Fliegen. Und wenn sie erstmal gestrandet sind, gibt es kein Zurück mehr. Hoffentlich ist das nicht der indische Alltag", sagt Kurt.

Lilo schüttelt den Kopf, als wäre das nicht ihr Problem. „Was machen wir morgen?"

„Ausschlafen, und dann die Tickets nach Bangalore besorgen", sagt Kurt.

„Und heute Abend den Pindi-Markt, da will ich unbedingt hin. Er soll toll sein, habe ich gelesen", sagt Lilo.

Kurt ignoriert sie, er will allein sein mit Carla, spürt deren Hilflosigkeit und macht sich Vorwürfe, dass er sie nicht besser auf Indien vorbereitet hat. Nur, was hätte ich tun können, denkt er.

„Na dann, morgen elf Uhr Frühstück. Wenn ihr nicht mitkommen wollt, fahre ich allein zum Markt." Lilo nimmt ihr Glas und geht über den Gang in ihr Zimmer.

214

„Du magst sie nicht", sagt Carla leise, nachdem Lilo die Tür geschlossen hat. „Tut mir leid, ich hätte sie nicht einladen dürfen."

„Ihr Kommando Ton geht mir auf den Geist. Wie macht sie das nur auf der Bühne?"

„Da gibt der Regisseur den Ton vor", sagt Carla mit der Andeutung eines Lächelns. „Komm, lass uns schlafen."

„Zusammen?"

„Ich bin müde, Kurt. Der lange Flug und jetzt die feuchte Hitze, ich kriege kaum Luft. - Dieses Elend", sie schüttelt sich, als wäre es unbegreiflich. „Alles, was ich über Indien gelesen habe, handelte von Harmonie, von edlen Menschen, und jetzt das. Ich fühle mich einfach nur daneben. Vielleicht wird es ja besser, wenn ich eine Weile geschlafen habe. Hoffentlich", sagt sie resigniert.

****

Als sie in das Taxi zum Bahnhof steigen, merken sie zu spät, dass der Fahrer kaum Englisch spricht. „Railway Station", sagt Kurt. Der Mann nickt und zuckelt los, immer mit einem Auge auf der Temperaturanzeige, als befürchte er den Motor zu überhitzen. Schließlich hält er vor einem riesigen, viktorianischen Gebäude, Staub und Regenschlieren bedecken die Mauern, eine mächtige Treppe aus rotem Stein führt zum Eingangsportal.

„Railway Station", sagt der Taxifahrer und deutet auf das Gebäude. Kurt gibt ihm den vereinbarten Preis und schließt zu Carla und Lilo auf, die skeptisch den Bau beäugen.

„Glaubst du wirklich, dass es hier Fahrkarten gibt?", fragt Lilo.

„Er hat genickt. Keine Ahnung weshalb die Engländer Ticketschalter in Palästen versteckten."

„Aber vielleicht hat er dich nicht verstanden."

Kurt verzieht das Gesicht und marschiert los. „Vermutlich sind die Schalter auf der anderen Seite, und er hat uns nur am falschen Eingang abgeladen."

Drinnen strömt ihnen stickig feuchte Luft entgegen. Dunkle Gänge aus rotem Marmor, auf dem sich die Schleifspuren der Postwagen abzeichnen, führen tiefer in das Gebäude. Gelegentlich erscheint ein korrekt gekleideter Bote, der einen quietschenden Karren von einem Büro zum anderen schiebt.

Kurt fragt einen der Boten nach den Fahrkartenschaltern, doch der Mann lächelt nur freundlich und weist in Richtung eines der Büros. Kafka, denkt Kurt, wir sind in einem seiner Romane gelandet. Fragt sich nur, wie wir da wieder rauskommen.

Im Vorbeigehen sehen sie verstaubte Räume mit überladenen Regalbrettern, voller Papieren, die mit einem roten Band zusammengehalten werden. Schreibtische, zugebaut mit Akten, dahinter ein Mensch, gebeugt von der Last der Verantwortung. Das Empire, hier existiert es noch in Reinform, denkt Kurt.

Niemand stört sich daran, dass sie durch das Labyrinth aus Gängen und Zimmern irren, bis sie endlich begreifen, dass sie hier keine Fahrkarten finden werden. Drei tumbe, deutsche Touristen, verschollen im Bauch der viktorianischen Eisenbahnverwaltung Indiens, denkt Kurt. Indien ist anders als alles, was ich bisher erlebt habe. Die trostlosen Slums, die im Freien unter Lumpen liegenden Menschenhaufen. Die Kinder auf dem Pindi-Markt, die uns mit Steinen bewarfen, nur weil wir nicht aussahen wie sie, denkt er, auf dem Weg zum Ausgang.

Draußen, in der prallen Sonne, zeigt ihnen ein perfekt englischsprechender Inder den Weg zu den regulären Fahrkartenschaltern. Die Strecke nach Ajanta Elora, wo sie eigentlich hinwollen, ist gesperrt. Also kaufen sie Tickets nach Poona, entschlossen Bombay zu verlassen, egal wie. Während der Fahrt verschlimmert sich Carlas Husten dramatisch. Um überhaupt noch atmen zu können, versucht sie mit dem Asthmaspray die Bronchien zu öffnen, doch das Medikament wirkt in der Hitze wie ein Brandbeschleuniger. Ihr Körper schwillt an, die Atmung wird flach und geht schließlich in ein heiseres Röcheln über. Sie nehmen das erstbeste Hotel und rufen sofort einen Arzt, doch der kann nichts Ungewöhnliches entdecken. Erst auf Carlas Insistieren, gibt er ihr eine Spritze, die die allergische Reaktion abklingen lässt.

Achtundzwanzig Stunden Zugfahrt bis Bangalore liegen vor ihnen. Der Fahrtwind treibt den Ruß der Dampflok in die Kabine, doch das Fenster geschlossen halten geht nicht, ohne zu ersticken. Das Stampfen und Zischen der Lokomotive, der warnende Heulton vor der Einfahrt in die Bahnhöfe, das monotone Tackern der Räder, erinnern Kurt an die Fahrten zur Schule. Er denkt an ihr Kartenspiel auf den Holzbänken der ausgeleierten Nachkriegswaggons. Wir

217

haben sogar auf dem Perron gespielt, denkt er, und beugt sich weit aus dem Fenster, um zu sehen, weshalb der Zug wieder mal nur kriecht. Meist sind es Rinder, Ziegen, Bauern, die sich auf den Gleisen tummeln.

Fliegende Händler hängen bereits an den Türen und Fenstern bei der Einfahrt in die Bahnhöfe, noch bevor der Zug zum Stehen kommt. Mit Geschrei und Handzeichen verständigen sie sich mit den Reisenden, um deren Proviant zu erneuern. Lilo steigt gerne aus, ihr gefällt das Tohuwabohu, und manchmal kommt sie mit gefüllten Bananenblättern oder Süßigkeiten zurück.

In der Nacht erreichen sie Bangalore. Sie nehmen ein Hotel neben einem Kino auf der anderen Straßenseite. Die hell erleuchteten Plakate von Bollywood Schauspielern und die laute Filmmusik, die bis nachts um drei aus dem Innern des Kinos schallt, macht ein Schlafen unmöglich.

Als Kurt am Morgen beim Leiter des Hindustan Aeronautical Laboratory vorspricht, um sein Praktikum anzutreten, ist der völlig überrascht ihn zu sehen. „Haben Sie meine Nachricht nicht erhalten?", fragt er irritiert.

Keine Ahnung von was er redet, denkt Kurt. Der letzte Brief, den ich von ihm erhielt, war voller Hoffnung auf eine fruchtbare Zusammenarbeit. „Haben Sie es sich anders überlegt?"

„Nein, ginge es nach mir, würden wir morgen mit den Versuchen beginnen. Aber die Regierung hat das Institut zum militärischen Sperrgebiet erklärt. Jetzt darf ich keine Ausländer mehr aufnehmen. Irgendein Grenzkonflikt mit Pakistan wurde vorgeschoben, aber vermutlich wollen sie nur unsere Mittel kürzen. Ich habe Professor Hubertus gebeten Sie zu benachrichtigen, aber anscheinend hat das nicht rechtzeitig geklappt. Ich weiß gar nicht, wie ich das wieder gut machen kann."

Kurt fragt sich, ob er gerade einer Räubergeschichte aufsitzt. Er denkt an Carla, wie sie reagieren wird. Sie hat sich auf Indien gefreut und wegen der Reise ihr Engagement im Theater aufgegeben. „Würden Sie bestätigen, dass ich hier war, aber in der Zwischenzeit das Projekt gestrichen wurde, und ein Ersatz wegen der Regierungsanordnung nicht möglich ist. Wären Sie damit einverstanden?"

„Natürlich, ich schreibe was Sie wollen. - Darf ich Ihnen wenigstens einen Tee anbieten, bis der Brief fertig ist?"

Schließlich tauschen sie noch ein paar belanglose Höflichkeiten aus, um sich dann, jeder auf seine Art erleichtert, zu verabschieden.

War sowieso eine krasse Idee: Windkanalversuche in Indien, denkt Kurt, und greift nach dem Brief in der Brusttasche. Mein Freifahrschein für ein Jahr in Indien, fragt er sich, unsicher, ob er nun heulen oder jubeln soll. Carla wird sich wundern, aber vielleicht freut sie sich auch. Sie war besorgt, wie sie die Zeit verbringt, während ich im Labor sitze.

Er nimmt eine Rikscha und lässt sich ins Hotel bringen. Unter dem riesigen Banyan Baum des Innenhofs sitzt Carla und sieht ihm erstaunt entgegen. „Schon fertig, was ist passiert?"

„Die Regierung hat das Institut zum Sperrgebiet für Ausländer erklärt."

„Und das heißt?"

„Ich kann da nicht arbeiten, nicht wie geplant."

„Oh, und was machen wir jetzt?"

„Wir reisen", strahlt Kurt. „Valuri hat bestätigt, dass es sich um höhere Gewalt handelt, das brauche ich für die Uni, schließlich habe ich das Geld im Voraus gekriegt." Er setzt sich, atmet tief durch, als müsste er eine Last abwerfen, steht wieder auf und nimmt sie in die Arme. „Hey, nicht schlecht, oder?"

„Oh", wiederholt Carla verschmitzt. „Bist du traurig?"

„Nein, etwas Besseres hätte uns gar nicht passieren können. War sowieso idiotisch: Windkanalversuche in Indien."

„Und Lilo?"

„Die nehmen wir mit, bis sie zurückfliegt. Ist ja schon in zwei Wochen."

****

Tage später verschlechtert sich Carlas Husten erneut. Ihr schmaler Körper kommt nicht mehr zur Ruhe. All ihre Willenskraft, gestärkt durch hochprozentigen Rum, reicht nicht mehr aus, um weiterzumachen.

Der Hotelbesitzer empfiehlt das Krankenhaus eines katholischen Bettelordens, wo sie Carla noch mitten in der Nacht aufnehmen.

Als Kurt sich von ihr verabschiedet, wundert er sich über die schrägen Blicke der Krankenschwestern. Er ist zu müde um nachzufragen, und die Schmerzensschreie der neu eingelieferten Frauen machen ihn verrückt.

Am nächsten Morgen fragt er den behandelnden Arzt nach den Schreien in der Nacht.

„Zwei Frauen mit schweren Verbrennungen. Eine hat es nicht geschafft." Der Arzt klingt resigniert, als wäre er es leid immer die gleiche Litanei zu erzählen. „Die Nylon Saris sind das Problem. Sie waren tief in die Haut eingeschmolzen, wir hatten keine Chance. Witwen zählen hier nicht viel", ergänzt er eher beiläufig, als er Kurts Entsetzen sieht. „Sie leben in der Familie der Schwiegermutter und werden zu Sklavinnen, wenn der Mann stirbt. Dann kommt es schnell vor, dass das Nylon in Flammen aufgeht. Manchmal hilft auch ein kleiner Schubs in die offene Feuerstelle." Er schweigt verlegen, als hätte er bereits zu viel gesagt. „Man kriegt die verschmorten Stofffetzen nicht aus den Brandwunden", ergänzt er noch, und wechselt das Thema. „Das Antibiotikum, das wir Ihrer Frau gegeben haben, scheint zu wirken, sie schläft viel. Erschrecken Sie nicht, wenn Sie sie sehen. Sie sieht aus, als hätte sie die Masern, doch es sind nur Moskitostiche, weil die Schwestern vergessen haben, die Netze herunter zu lassen. Das machen normalerweise die Angehörigen, aber Sie waren ja nicht hier", fügt er mit einem strafenden Blick hinzu.

Im Krankenhaus kommt Carla langsam zu Kräften und wird zum Liebling der jungen Hilfsschwestern, die ihr goldenes Haar und ihre fließenden Baumwollkleider bewundern.

Als sich Carla stark genug fühlt ziehen sie weiter nach Madras, von wo Lilo zurück nach Deutschland fliegt, sehr zu Kurts Erleichterung.

„Wer sind diese Chatterjees?", fragt er, als ihn Carla bittet sie zum Haus einer indischen Familie in einem Villenviertel Madras' zu begleiten.

„Thalita kennt sie aus ihrer Zeit an der Botschaft in Neu-Delhi. Sie meinte, wir sollten auch das andere Indien kennenlernen, nicht nur Lärm, Dreck und Armut. Er ist Professor an der Musikhochschule, seine Frau tamilischer Abstammung, doch als sie, ohne Zustimmung ihrer Familie, einen Mann aus dem Norden heiratete, wurde ihr das anscheinend nie verziehen" ergänzt Carla.

Thalitas Welt, denkt Kurt, als er widerwillig zustimmt mitzukommen. Alles Leute, die mit einem Stock im Rückgrat geboren wurden. Es sind die anderen, die buckeln müssen.

Vor der handgeschnitzten Eingangstür des luxuriösen Hauses der Chatterjees, kommen ihnen erneut Zweifel. Kurt hat recht, denkt Carla, es wird einer jener grauenvollen Abende werden, Small Talk, alles gewogen, jede Bewegung kontrolliert unter den prüfenden Blicken der Gastgeber.

Ein livrierter Diener öffnet die Tür. Er führt sie in den Empfangsraum und bittet sie zu warten. Kurt ist das Aufblitzen in den Augen des Mannes nicht entgangen, als er ihre Rikscha sah. Anscheinend empfängt er nur Leute in Limousinen mit Chauffeur, denkt er.

Während Carla im Eingangsbereich noch die Bronzefigur einer indischen Göttin bewundert, erscheint Frau Chatterjee. „Schön, nicht wahr", sagt sie, und weist mit einem Kopfnicken auf die Statue. „Ich hoffe, Sie haben unser Haus sofort gefunden." Der goldbestickte Sari aus dunkelgrüner Seide bedeckt eine kleine Frau, deren Rundungen das knappe Oberteil nicht verdecken kann. Das Haar, zu einem losen Knoten gebunden, ist schon leicht ergraut.

„Es war ganz einfach, wir haben dem Rikscha Fahrer die Adresse genannt, und er hat uns hier abgeliefert", sagt Carla.

„Mit der Rikscha, vom Ashoka bis hierher? Das ist weit. Warum haben sie uns nicht angerufen, wir hätten sie abgeholt."

„Wir fahren gern mit der Rikscha", sagt Kurt. „Der Fahrer hat sich über das Trinkgeld gefreut, und wir über die Stadt."

„Sie ist wunderbar", sagt Carla, und deutet auf die Statue.

„Ja, mein Mann hat mir die Parvati vor Jahren geschenkt, sie ist meine private Schutzgöttin. - Sie also sind Carla, genau wie Sie Thalita beschrieben hat. Und Sie sind Kurt, der in Bangalore arbeiten sollte, was nicht geklappt hat." Sie nickt, als wäre das völlig normal. „Willkommen in Indien, einem Land, unberechenbar und voller Überraschungen. - Thalita hat uns viel von Ihnen erzählt. Dass sie im Schach nicht gegen Sie, Kurt, gewinnen kann, und sie jedes der Stücke sah, in dem Sie spielten, Carla. Mein Mann interessiert sich sehr fürs Theater. Aber kommen Sie, wir haben den ganzen Abend für Sie reserviert. Darf ich Ihnen etwas zu trinken anbieten?"

Der Duft von Sandelholz füllt den großen Raum, dessen Fenster in das Atrium des Hauses blicken. An den Wänden hängen Malereien aus Orissa. Eine leichte Brise bauscht die Gazevorhänge. Lederne Sitzkissen mit den Markierungen der Nomaden Rajasthans sind um einen reich verzierten Teetisch drapiert.

„Von allem etwas", sagt die Hausherrin, als sie Carlas Blick folgt. „Mein Mann stammt aus Rajasthan, von dort kommen viele unserer Sachen. Von jeder Reise bringt er etwas Neues mit, und ich habe dann die Aufgabe, einen Platz zu finden." Sie lacht, als würde ihr das Freude bereiten. „Arri, bitte bring uns den Tee", wendet sie sich an den Diener. „Mein Mann kommt gleich, er wollte nur noch das Gespräch mit seinem Vater zu Ende führen. Erzählen sie, wo waren sie bereits, und wo wollen sie noch hin. Thalita hat gemeint, Sie würden ein ganzes Jahr in Indien bleiben."

„Das dachten wir, aber jetzt, nachdem sich mein Praktikum zerschlagen hat, müssen wir neu planen. Unsere Flugtickets lassen sich nicht ändern, also reisen wir eben bis zum fixen Abflugs Termin. Wo immer es uns hintreibt", sagt Kurt.

„Sind Sie traurig?"

„Nein gar nicht. Eigentlich ist es so viel schöner, als die Tage in einem muffigen Büro zu verbringen."

„Als Carla mir am Telefon die Geschichte erzählte, dachte ich, Sie würden traurig sein, aber jetzt, wenn ich Ihnen so zuhöre, bei dieser Freiheit..." Sie lacht kurz auf, ohne den Satz zu Ende zu führen. „Wie geht es Thalita? Aber das erzählen Sie uns am besten, wenn mein Mann dabei ist. - Wie gefällt Ihnen Indien?", fragt sie Kurt.

Die alte Standardfrage, denkt er. „Anfangs war es schwierig, vor allem für Carla. Jetzt fangen wir langsam an zu sehen. Ich fotografiere gern." Soll ich sagen, dass ich das Kastensystem unerträglich finde, denkt er? Besser nicht. „Die Farben und Töne sind berauschend. - Wie siehst du das Carla?"

„Mich überwältigen die Kontraste immer noch. Bei der Ankunft in Bombay, auf der Fahrt vom Flughafen in die Stadt, die Not, entsetzlich. Dann die Hitze, die mich krank machte. Jetzt geht es mir besser."

Frau Chatterjee nickt, als wüsste sie was Cora meint. „Wir sind ein Land der Gegensätze. Im Norden werden Sie wieder ein anderes Indien erleben. - Hier ist mein Mann, anscheinend hat das Telefonat nicht ganz so lange gedauert wie üblich."

Chatterjee begrüßt sie herzlich und lässt sich auf eines der Kissen fallen. Das graue Haar trägt er kurz. Die Augen strahlen die Zuversicht eines Mannes aus, der im Leben Erfolg hatte. „Sie sind also die beiden Weltreisenden, die uns Thalita so ans Herz gelegt hat. Entschuldigen Sie, dass ich sie warten ließ, aber mein Vater ist schon älter, und so werden unsere Telefonate immer länger. Aber jetzt erzählen Sie, was macht Thalita, wie geht es ihr? Und vor allem, was führt Sie beide nach Indien, und was haben Sie noch alles vor?"

Der geht ganz schön ran, denkt Kurt, und überlässt Carla die Antwort.

„Thalita geht es gut, wir sollen Ihnen die besten Grüße ausrichten."

„Danke. Und Sie Kurt? Thalita schrieb, Sie hätten ein Stipendium am Hindustan Institut für Strömungsmechanik. Eine sehr renommierte Einrichtung."

„Ja, dachte ich, aber es hat nicht geklappt."

„Was ist passiert?"

„Stell dir vor, sie haben das ganze Institut für Ausländer gesperrt, weil irgendein Pakistani die Nerven verloren hat", sagt Frau Chatterjee an Kurts Stelle.

„Gleich alles gesperrt." Chatterjee klingt nicht sonderlich überrascht. „Wir sind eben doch nicht der große Gigant, der wir gerne sein möchten. Einfach zusperren, etwas Besseres fiel den Beamten nicht ein. - Es tut mir leid für Sie, aber Sie scheinen nicht unglücklich zu sein."

„Es ist wunderbar", lacht Carla befreit. „Wir reisen, und niemand sagt uns wohin. Ich habe mich noch nie so unbeschwert gefühlt."

„Darüber müssen wir reden, vielleicht können wir Ihnen ein paar Tipps geben, wenn Sie wollen. - Langsam könnte ich etwas zu Essen vertragen, was gibt es denn heute, Frau Chatterjee?", lacht er.

„Ich habe Tauben bestellt. Nicht, dass Sie Thalita erzählen, wir hätten Sie schlecht behandelt. Normalerweise dürfen wir nicht zusammen mit Fleischessern speisen, doch heute machen wir eine Ausnahme. Und Tauben sind in unseren Augen sowieso kein richtiges Fleisch." Sie lächelt ihrem Mann zu, als wäre er ein Komplize.

Die beiden verstehen sich, denkt Kurt. „Tauben habe ich noch nie gegessen", druckst er heraus.

„Umso besser", sagt der Mann, und weist ihnen den Weg ins Speisezimmer.

Beim Essen reden sie über die unterschiedlichen Gesellschaftsformen Indiens und Europas, über Ravi Shankar und die Aufnahmen mit Jehudi Menuhin. Sie streifen Carlas Tournee, wie schwer es ist, jeden zweiten Tag in einer anderen Stadt zu spielen, und Kurt erzählt von einem Buch „*Ihr werdet es erleben*" von Kahn/Wiener über die drohende Klimaveränderung. Dabei vergisst er völlig, dass er sich eigentlich beim Klassenfeind befindet.

„Kommen Sie doch in den nächsten Tagen an der Musikhochschule vorbei. Dort finden gerade die Abschlussprüfungen des Barata Natjam statt. Am Donnerstag tanzt eine unserer Meisterschülerinnen. Wenn

227

Sie wollen, reserviere ich zwei Plätze für Sie", sagt Chatterjee, als sie sich verabschieden.

„Das wäre wunderbar", sagt Carla. „Wann ist die Vorstellung?"

„Am Donnerstag um zehn Uhr", sagt Frau Chatterjee. „Seien Sie pünktlich, mein Mann ist in der Jury."

„Sie können sich darauf verlassen", sagt Kurt. „Vielen Dank für den wunderschönen Abend, und dass uns der Fahrer ins Hotel bringt." Im Auto nimmt er Carlas Hand und drückt sie. „Willst du wirklich dahin? Wie geht es dir überhaupt? Du hast den ganzen Abend nicht gehustet."

„Ich bin sehr müde. Du warst anfangs ziemlich skeptisch, aber jetzt nicht mehr, oder?"

„Irre, dachte ich, als wir vor dem hell erleuchteten Haus standen. Und das in Indien."

„Es gibt hier eben mehr als versiffte Busse und überquellende Krankenhäuser."

****

Der Weg zur Musikhochschule führt an einer Reihe neu gebauter Strandsiedlungen vorbei, deren leerstehende Häuser zu verwittern beginnen. Zwischen den zweistöckigen Betonkuben kleben Hütten aus Pappe, Wellblech und Palmwedeln, vor denen nackte Kinder im Sand spielen.

„Warum ziehen die Leute nicht in die Häuser?", fragt Carla den Taxifahrer.

„Die meisten sind Fischer, wenn jemand in ihrer Familie stirbt, müssen sie das Haus verrücken, damit der Geist des

Verstorbenen nicht zurückfindet. Das geht nicht mit Beton", sagt der Fahrer.

„Und das hat keiner gewusst, bevor sie zu bauen begannen?" Kurt schüttelt den Kopf, ob der in seinen Augen absurden Erklärung.

„Hier weiß das jeder, aber uns hat keiner gefragt. Augenwischerei, vermutlich war es den Planern völlig egal, weil es sich ja doch wieder nur um den Stimmenfang eines Politikers handelte. So ist das hier."

„Hier?", fragt Kurt.

„Überall in Indien. - Wir sind da, Zentrum für Karnatik Music, zwölf Rupien." Kurt gibt dem Taxifahrer zwei Rupien Trinkgeld, während Carla an der Treppe zum Eingang stehen bleibt. Der Wachmann erwartet sie bereits und zeigt ihnen den Weg in den ersten Stock eines Gebäudes, das schon bessere Tage erlebt hat. Im lindgrün gestrichenen Treppenaufgang blättert die Farbe ab. Die durchgetretenen Holzstufen knarren bei jedem Schritt. Oben, auf dem höchsten Treppenabsatz, wartet Frau Chatterjee bereits auf sie.

„Haben wir uns verspätet?", flüstert Carla erschrocken.

„Nein, nein, es ist alles in Ordnung. Wir möchten nur so schnell wie möglich beginnen, einer der Musiker muss früher weg."

Am Rand der Bühne sitzt Chatterjee mit nacktem Oberkörper, die Beine überkreuz, auf der Stirn ein blutrotes Mal. Diagonal über die Brust läuft die Schnur seiner Kaste. Neben ihm zwei Beisitzer in der Jury, sie alle tragen ein weißes Tuch aus Baumwolle um die Lenden.

Nach kurzer Ouvertüre der Tablas, der Veena und einer reich mit Perlmutt verzierten Sitar, erscheint die Tänzerin. Eine junge Frau in Sari-Bluse und Lendentuch, dessen Enden sie unter den Gürtel gerafft hat. Das geölte Haar, geschmückt durch einen winzigen Strauß Jasmin, ist streng zu einem Knoten nach hinten gebunden. Die Augen tiefschwarz geschminkt, die Handflächen rot, mit Henna verziert, stellt sie sich in Position, und für einen Moment scheint es, als wäre sie im Holzboden verwurzelt.

„Sie ist gerade fünfzehn geworden", flüstert Frau Chatterjee in Carlas Ohr.

Langsam beginnt das Mädchen zu tanzen, als würde sie jede einzelne Note in Bewegung der Finger und Zehen übersetzen. Das Rollen der Augen, die graziöse Haltung der Arme, ihr Stampfen und Schwingen, das Kreisen der Hüften, alles verläuft gleitend im Rhythmus der Tablas und den sprechenden Tönen der Sitar.

Kurt denkt an die vielarmige Statue Parvatis im Vorraum der Chatterjees, er sieht das andere, das vergeistigte Indien, nicht mehr das laute, schmutzige und brutale, das ihm zu schaffen macht. Als er sich Carla zuwendet, sieht er ihre Tränen.

Beim Abschied erinnert Frau Chatterjee an ihr abendliches Gespräch. „Vergessen sie Pondicherry nicht, bevor sie in den Norden reisen. Mein Mann und ich verbringen jedes Jahr ein paar Wochen in Sri Aurobindos Ashram und kommen wie neu geboren zurück in unsere Welt. Wenn sie wollen, gebe ich Ihnen ein Empfehlungsschreiben mit. Vielleicht erhalten Sie auch eine Audienz bei der Mutter,

Aurobindos Lebensgefährtin. Sie lebt noch, ist aber sehr gebrechlich geworden."

„Wir fahren ganz bestimmt hin", sagt Carla. „Und vielen Dank für alles. Sie haben uns ein Land geschenkt, wie wir es nicht kannten."

****

Nachdem sie in einem Gästehaus in Pondicherry eingecheckt haben, dauert es nicht lange, bis der Süden Indiens von einem Zyklon verwüstet wird. Die offenen Gebäude werden zu zugigen, feuchtkalten Bahnhofshallen. Wassermassen verwandeln die Straßen in gefährliche Schneisen, in denen der durch die Luft fliegende Unrat einen Aufenthalt im Freien unmöglich macht.

Nach Tagen klart der Himmel auf, und sie können die gemieteten Räder durch ein Gestrüpp aus abgebrochenen Ästen und umgeknickten Strommasten bis zum Ashram navigieren. Amy, die sie gleich nach der Ankunft in Pondicherry kennen gelernt haben, fragt als erstes, wie sie durch den Sturm gekommen sind. „Mein Haus stand bis zu den Knien unter Wasser."

„Bei uns war nur der Eingang des Gästehauses überschwemmt", sagt Kurt. „Durch die offenen Oberlichter des Zimmers drückte Wasser herein, es war eklig nass und kalt. Jetzt hoffen wir, dass die Sonne die feuchten Bettlaken trocknet. Wo hast du Harry gelassen?"

„Der ist schon wieder unterwegs. Ich weiß nie genau, wo er sich gerade herumtreibt. Aber hier passt ja jeder auf jeden auf, da brauche ich mir um ihn keine Sorgen zu machen."

„Bist du da sicher?", fragt Carla, die sich vor dem Sturm lange mit dem Jungen unterhalten hat. Er war ihr wie ein Bündel aus Hilflosigkeit und unterschwelliger Aggression erschienen. Wie eine Klette hatte er sich an sie gehängt, weil ihm die Kinderbanden, mit denen er ziellos durch die Gegend streifte, Angst machten.

„Absolut", sagt Amy, die vor einem Jahr mit ihrem Sohn nach Indien gezogen ist. Auroville, die neue Stadt am Rand Pondicherrys, wurde zum Ende einer langen Reise auf der Suche nach Selbstverwirklichung. An Harrys Vater könne sie sich nicht erinnern, sagte sie, als Kurt nach ihm fragte. „Einer der Männer, mit denen ich geschlafen habe", sagte sie achselzuckend.

Carla verbringt viel Zeit am Grab Aurobindos. Sie genießt die Stille neben dem Sarkophag unter dem hohen Banyan Baum. Sie versucht mit Kurt über ihre Empfindungen zu reden, die sie seit der Ankunft im Ashram empfindet, merkt aber bald, wie wenig ihn die Lehre Aurobindos, der Ashram, und das Leben in Auroville interessieren. Eines Abends, auf der Fahrt in die Bibliothek, fragt sie Kurt, weshalb er in der Nacht zuvor so gereizt war, als er von einem Treffen mit einem ehemaligen Kommilitonen zurückkam.

„Wieder so ein unergiebiges Gespräch mit Peter Geller", sagt er, als wolle er die Erinnerung daran abschütteln.

„Will er dich immer noch bekehren?"

„Sicher, aber er beißt bei mir auf Granit. Vielleicht will er sich auch nicht eingestehen, dass es ein Fehler war, ihnen sein ganzes Geld zu geben. Jetzt sitzt er in Auroville fest und kommt nicht mehr weg."

Die Ständer vor der Bibliothek sind bereits gut gefüllt. Hoffentlich kriegen wir noch einen Platz im Konzert, denkt Kurt, als er nach einer Lücke für die Räder sucht.

„Was hat dich denn so wütend gemacht, und wer ist dieser Peter Geller überhaupt?", fragt Carla, während sie über den Strand auf die Bibliothek zugehen.

„Er war Assistent am Lehrstuhl für Mathematik an der Uni, daher kennen wir uns. Schon komisch ihn ausgerechnet hier zu treffen. Er hatte die Nase voll von der deutschen Bürokratie, kaufte sich einen Unimog und bastelte einen Wohncontainer auf die Ladefläche. Zusammen mit seiner Frau fuhr er nach Indien, Selbstverwirklichung eben. Im Hindukusch gabelte er einen jungen Wolf auf, der aber bald an Einsamkeit starb. Dann verließ ihn seine Frau mit einem Hippie, der die Selbstfindung vermutlich konsequenter betrieben als Geller", lacht Kurt.

„Und darüber habt ihr die ganze Nacht gesprochen? Außerdem hörst du dich zynisch an."

„Er wollte mich partout überreden hier zu bleiben. Interessant war immerhin seine Meinung zum Club of Rome. Das Buch *Ihr werdest es erleben* von *Kahn/Wiener*, hat er auch gelesen. Ich habe bereits bei den Chatterjees darüber gesprochen, du erinnerst dich vielleicht. - Was meinst du mit zynisch?"

„Und auf was habt ihr euch geeinigt?"

„Dass es für mich nicht in Frage kommt, in Indien zu bleiben, schon gar nicht in Auroville. Aber das weißt du ja. Das hier kann man nicht halb machen, wir würden uns darauf einlassen müssen, mit Haut und Haar. Ich ziehe es vor, weiter zu reisen. - Was meinst du mit zynisch?", fragt er erneut.

Sie setzt an, als wolle sie darauf antworten, sagt dann aber nur: „Es war nur so ein Gedanke, vergiss es."

Sie ist noch nicht so weit, denkt Kurt. Die Welt ist voller menschlicher Experimente, aber ich eigne mich nicht für ein Leben als Laborratte. Dabei ist hier vieles gut, die Bibliothek, der Balkon mit dem freien Blick aufs Meer. Auch die Stille am Grab Aurobindos werde ich vermissen. Aber es reicht nicht, um zu bleiben. „Willst du dich noch einen Augenblick auf den Balkon setzten, bevor das Konzert beginnt?"

Carla steht an der Brüstung und lauscht den Wellen, die in ruhiger Gleichmäßigkeit auf den Strand laufen. Das Geräusch des Winds, der sich in den Palmblättern der Bäume neben der Bibliothek verfängt, beruhigt sie. „Ich mag dieses Gefühl von Unendlichkeit, wenn ich hier auf dem Balkon stehe. Schade eigentlich, dass du nicht bleiben willst."

„Glaubst du wirklich es hält an? Aurobindos Lehre ist jung, aber die ersten Christen haben auch nicht an Kreuzzüge, Renaissancepäpste und die Inquisition gedacht", sagt er sarkastisch.

„Du bist so entsetzlich realistisch, Kurt. Ich weiß nicht, ob ich das auf Dauer ertragen kann. Manchmal nimmst du mir richtiggehend die Luft zum Atmen."

„Tut mir leid, so war es nicht gemeint. Vielleicht brauchen wir eine Auszeit. Wir kleben seit Wochen wie die Kletten aneinander, das ist nicht gut."

„Ja, vielleicht. Lass uns rein gehen, ich freue mich auf das Konzert."

****

Noch während sie die Weiterfahrt planen, bricht im Zentrum Indiens ein Sprachenstreit aus. Radikale Hindus haben die Hauptstrecke in den Norden, über Hyderabad, gesprengt, und der Streit ist zu einem veritablen Gemetzel ausgeartet. Die Züge auf der Nebenstrecke entlang der Küste sind total überbucht, auch Bestechung hilft nicht weiter. Schließlich, nach tagelangem Herumlungern im Zentralbahnhof von Madras, gelingt es Kurt zwei Fahrkarten dritter Klasse nach Bhubaneshwar zu ergattern.

Lange vor der Abfahrt füllt sich der Waggon mit Menschen und Tieren. Sechsunddreißig Stunden Fahrt liegen vor ihnen, auf Holzbänken, die für acht Personen ausgelegt sind. Als der Andrang anhält und Einzelne bereits außen am Zug hängen, zieht sich Carla auf die Gepäckablage zurück, wo sie wenigstens nicht mehr begrapscht werden kann.

Kurt versucht sich der Hysterie zu erwehren, er scheucht eine Ziege von seinem Rucksack und schiebt den Kopf eines Mannes zur Seite, der vor Erschöpfung an seiner Schulter eingeschlafen ist. Wie Zirkusartisten klettern junge Männer während der Fahrt durch die geöffneten Fenster rein und raus. Manchmal hält der Zug auf freiem Feld, Polizisten erscheinen mit Schlagstöcken, blinde Passagiere werden verprügelt und laufen gelassen. Sie verschwinden in der Dunkelheit und warten auf den nächsten Zug.

In Bhubaneshwar, suchen sie eine billige Absteige, um endlich schlafen zu können. Am nächsten Tag nehmen sie den Bus nach Puri und weiter nach Konarak zur schwarzen Pagode. Als sie der Busfahrer für ein kleines Trinkgeld direkt am Gästehaus abliefert, taucht die Sonne den Horizont in flammendes Rot.

Sie bleiben eine Woche, in der Carla lange Spaziergänge am Strand unternimmt, während Kurt jeden Morgen vor Sonnenaufgang, und abends, wenn die Touristen gegangen sind, zum Tempel geht. Er klimmt zur Spitze hinauf und setzt sich in den Schoß einer der übergroßen Götterstatuen, während die letzten Strahlen der untergehenden Sonne die steingewordenen Götter in einen Tanz aus Licht und Schatten verwandeln. Er genießt die innere Ruhe, die ihn dort oben befällt, als gäbe es kein chaotisches Indien um ihn herum. Doch in der Dunkelheit kommen die Tempelräuber, die sich ungehindert an den Skulpturen bedienen. Als er einem der Wärter am Morgen die frischen Bruchstellen zeigt, erhält er nur ein abweisendes Schulterzucken als Antwort.

Eine Woche später spuckt sie der Bus in einem Vorort Kalkuttas aus. In der Dunkelheit tritt Kurt beim Aussteigen in den Müllhaufen neben der Straße und wird sofort von einem Ameisenheer überfallen. Das schummrige Licht der Laterne an der Haltestelle beleuchtet eine schemenhaft verschwommene Welt. Die Stadt atmet schwer unter dem Rauch der offenen Feuer, auf denen die Unberührbaren ihr karges Mahl zubereiten. Nach der Ruhe der schwarzen Pagode empfindet Kurt Kalkutta wie einen gelebten Albtraum. Die Taxifahrer scheinen ihr Handwerk als Krieg der Stärksten gegen Alle zu verstehen. Die viktorianischen Bauten aus der Zeit des Raj, als Kalkutta die Hauptstadt Indiens war, verrotten in der tropischen Hitze. Jeden Morgen werden die Verstorbenen der Nacht von der Straße aufgesammelt, um sie außerhalb der Stadt zu verbrennen. Über die Howrah Brücke fließt ein nie versiegender Strom aus Reisenden, Kulis, Tieren und Bettlern.

Sie wohnen bei Freunden der Chatterjees, doch jede Nacht erwacht Kurt schweißgebadet, geplagt von einem Traum, in dem Menschen, Würmern gleich, durch die brennende Stadt kriechen. Tagsüber sieht er das Elend auf den Straßen. Es schmerzt ihn, dass sich nichts daran ändern lässt. Mit jedem Tag wächst das Verlangen, Kalkutta zu verlassen, bevor ihn die Stadt erdrückt.

Als sich der Zug schließlich durch die Menschenmassen auf den Gleisen aus der Stadt tastet, atmet Kurt auf. „Ich fühle mich, als wäre ich gerade der Hölle entronnen. Meinst du, es sind meine Nerven?", fragt er Carla.

„Du bist müde, Kurt, kannst das Land einfach nicht mehr ertragen, und siehst nur noch die schlimmen Seiten. Khajuraho liegt auf dem Land, du wirst sehen, es wird schön", entgegnet sie versonnen, während sie in die vorbeigleitende Nacht starrt.

In einem sauberen Gästehaus der Regierung kommen sie unter. Sie genießen das warme Wasser, das ihnen in Kübeln von einem Diener ins Zimmer gestellt wird. Spielend schütten sie sich gegenseitig den Schwall über den Kopf und lieben sich.

Die meiste Zeit verbringen sie in der Tempelanlage, bis Kurt die nackten Skulpturen, in sich endlos wiederholenden Posen, nicht mehr ertragen kann.

Er setzt sich ins Gras, den Rücken an einen Block aus Sandstein gelehnt, und sieht den Touristen zu, wie sie ihre Befangenheit durch forsches Auftreten zu überspielen versuchen. Die Wärme der Mauer macht ihn schläfrig. Als er eine bequemere Stellung sucht, erblickt er einen alten Mann hinter dem Stacheldraht der Tempel-Umzäunung, wie er verständnislos die Menschen in der Anlage betrachtet. Vielleicht sieht er uns wie Tiere im Zoo, denkt Kurt. Drinnen jene, die sich alles leisten können, draußen Hunger und Verzweiflung. - Zeit, dass ich nach Hause komme, ich werde bitter, denkt er. Er steht auf und ruft Carla zu, dass er schon zum Gästehaus voraus geht.

Außerhalb des Dorfes findet er einen abgelegenen Dreschplatz neben einem alten Ziehbrunnen. Er lehnt sich an die Brunnenmauer und sieht den Geiern zu, wie sie an den Resten einer Kuh zerren.

Er fühlt sich erschöpft, unfähig auch nur einen weiteren Tropfen des Landes in sich aufzunehmen. Die Gegensätze machen mich mürbe, denkt er, schließt die Augen und sieht die Gassen Varanasis vor sich, den Eingang der Sanskrit Universität, nur einen Steinwurf entfernt von den endlosen Reihen der Bettler auf den Stufen der Ghats. Er sieht das Flackern der Butterlampen vor der Stupa Budh Gayas, und hört die tief aus dem Innern hervorbrechenden Gesänge der Mönche unter dem Bodi-Baum. Er denkt an die überquellenden Straßen Kalkuttas, die überladenen Busse, das tägliche Sterben.

Die gelassene Ruhe der Menschen auf dem Land, alles nur Fassade, denkt er. Sie sehnen sich nach einem besseren Leben. Warum sonst wachsen die Armutsgürtel der Metropolen. Wie ein Magnet zieht es sie in die Städte, dabei ist dort alles noch schlimmer.

„Was machst du?", hört er Carla, die sich über ihn beugt.

Als er die Augen öffnet, sieht er ihr besorgtes Gesicht im Gegenlicht. Eine Heilige, denkt er. „Wie kommst du hierher? Ich dachte, wir wollten uns im Gästehaus treffen."

„Ja, aber dann sah ich dich in Richtung Dorf gehen. Ist alles in Ordnung?"

„Es sind nur ein paar Häuser aus Lehm, und ich brauchte Zeit zum Nachdenken. Hier, wo die Bauern ihr Getreide dreschen, schien mir der richtige Platz dazu. Hast du die

Geier gesehen? Jetzt weiß ich immerhin, wo die heiligen Kühe landen, wenn sie gestorben sind."

„Und über was hast du nachgedacht?"

„Über uns, dieses Land."

„Und?", fragt sie, und setzt sich neben ihn.

„In Pondi spielten nackte Kinder Rutsche in der verschleimten Kanalisation. In Konarak sammelte eine Unberührbare das Abwasser unseres Gästehauses für ihr Abendmahl. Jede Nacht haben Räuber Statuen geköpft, um sich ein paar Rupien zu verdienen. Die Polizei sah zu und hielt die Hand auf. Wir wechseln Geld auf der Bank, und hören, wie der Schalterbeamte den Schwarzmarkthändler anruft, um den aktuellen Kurs zu erfragen. Ich verkrafte das nicht länger. Nicht weil ich ein Weichei bin, Carla, sondern weil ich selbst etwas tun will, nicht nur beobachten."

„Ich weiß, aber ich will noch nicht zurück nach Deutschland."

Sie braucht Pondicherry mehr als mich, denkt er. Indien mit all seiner Übervölkerung, seiner Ungleichheit und Chaos stört sie nicht. Sie will dorthin, wo der Einzelne noch zu zählen scheint. Er dreht sich zu Carla, die mit geschlossenen Lidern neben ihm sitzt. „Du willst zurück nach Pondi, nicht wahr?"

„Ja, ich fühle mich dort so frei."

„Anders als ich. Für mich ist das Land eine einzige Belastung. Die Ungleichheit, das Gewusel, ich kann hier nicht bleiben. - Du weißt, du kannst auch daran zerbrechen."

„Ja, aber ich glaube, ich werde eher daran wachsen."

„Und das Theater, die Bühne, du brauchst sie?"

„Das kann alles warten."

Kurt merkt, dass es sinnlos ist weiter in sie zu dringen. „Schaffst du es allein?", fragt er schließlich.

Lange sieht sie ihn schweigend an. Als sie antwortet, klingt es, als hätte sie längst damit gerechnet allein klar kommen zu müssen: „Wenn es sein muss."

„Es ist wahrscheinlich das Beste - für uns beide", murmelt er. „Es gibt einen Express Bus bis Bhopal. Von dort kannst du fliegen, oder den Zug nach Madras nehmen."

„Du hast schon alles durchgespielt", lacht sie bitter. „Und was machst du?"

„Ich fahre über Jaipur nach Neu-Delhi und fliege von dort zurück."

„Seit wann weißt du, was du willst?"

Kurt zuckt nur hilflos mit den Schultern. „Es wuchs. Kalkutta vielleicht, aber wahrscheinlich erst hier, als ich diesen alten Mann hinter dem Stacheldraht sitzen sah. Er draußen, ich drinnen. Ich konnte es plötzlich nicht mehr ertragen, deshalb bin ich hierher gegangen. Wenn du nicht gekommen wärst, hätte ich es wahrscheinlich noch eine Weile mit mir herumgeschleppt."

„Bin ich schuld?"

„Nein, wir sind nur sehr verschieden. Ich weiß, wie sehr du das Land magst, seinen Mystizismus, seine Wärme. Ich sehe nur den Dreck, die Armut, die Verzweiflung, und den Selbstbetrug. Das halte ich auf Dauer nicht aus."

Wie klar er ist, denkt Carla. Er liebt die Dinge wie sie sind, nicht wie sie sein sollten. Dabei lese auch ich Zeitung, nehme am Leben der Anderen teil. Ich gehe auf Demonstrationen, und empöre mich über das Unrecht in der Welt. Ich kann von mir behaupten, dass ich mich an den richtigen Stellen schäme, und weiß doch, dass es eine völlig folgenlose Scham bleibt. Eigentlich schäme ich mich für meine kleinlaute Art zu leben. Vielleicht ist es das, was mich zurück nach Pondi zieht, dieses folgenlose Leben: „Es ist dein rationales Denken, Kurt, das Streben nach Geld und Macht. Alles was ich nicht brauche. Ich mag dich trotzdem, aber ich will nicht das Anhängsel eines solchen Menschen sein.“

„Hört sich schlimm an, vermutlich weil du recht hast. Unabhängigkeit hast du vergessen, ein gewisses Maß an Freiheit. Und Geld bedeutet nun mal Unabhängigkeit. Zumindest bilde ich mir das ein.“

„Vielleicht täuscht du dich, aber das musst du selbst herausfinden.“

„Verzeih, Carla, ich kann nicht anders. Das Land ist für die Chatterjees ein Traum, für einen landlosen Bauern die Hölle, und für manch einen Hippie, solange er noch Geld hat, das Paradies. Für mich ist es eher belastend.“

„Wie selbstgerecht du bist, außerdem wiederholst du dich.“ Er sucht ein Leben von einem Job zum nächsten, denkt sie. Von der einen zur nächsten Liebe. Noch ein Essen, noch ein Krimi, Tage, die ineinanderfließen. „Lass mich wissen, wo ich dich finde, falls ich dich brauche. Und sag Lilo, dass ich hiergeblieben bin. Sie hat es mir prophezeit, kurz bevor sie zurückflog. Was machst du, wenn du zurück bist?“

„Ich würde gern die Wohnung behalten. Vielleicht kommst du ja früher zurück, dann hast du wenigstens eine

Anlaufstation. Ich frage bei Babcock nach, ob der Job, den sie mir angeboten haben, noch zu kriegen ist."

„Davon hast du mir nichts erzählt."

„War nicht so wichtig, wir hatten uns für Indien entschieden. Irgendein Großprojekt in Afrika. Da will anscheinend keiner hin. Bei mir haben sie wohl gedacht: Schafft er Nordafrika dann packt er auch den Rest."

Carla schmunzelt, endlich ist ausgesprochen, was uns seit Wochen trennt, denkt sie. Vielleicht gelingt uns später ein Neuanfang. „Komm, lass uns zurückgehen, die Geier machen mir Angst. - Wann fahren diese Busse?"

„In zwei Tagen, genug Zeit uns zu verabschieden."